¡NUNA, TE AMO!

¡NUNA, TE AMO!

Mi historia de amor en Corea

Alexandra Fernández

"El palacio de la luna"

-5-

ISBN: 9789945807509
ISBN: 9789945096934

Diseño de la portada
Portada creada con: canva.com
Imagen en portada: pxfuel.com (Gwanghallu Garden, Monte Samsin)
License to use Creative Commons Zero - CC0

Dedicatoria

A todas las fans del mundo, no sólo a las amantes del K-pop y los "doramas" coreanos, sino a las fieles seguidoras de la adictiva y fascinante cultura asiática en general. Ellas inspiraron esta obra.

A todas las "Nunas" del mundo; mujeres valientes, románticas y soñadoras que no temen amar. A todas las que he conocido y para aquellas a las que espero algún día conocer.

Para Andrea, tú llenas el silencio de mi vida.

Contenido

PARTE DOCE

Dudas

Capítulo 68

Vino virtual

na llegó al dormitorio pasadas las 11 de la noche. Encontró a Domi vestida, sentada, y dormida sobre su propia cama.

— Pobrecita.

Era evidente que había estado vigilante, esperando su llegada.

Ana acomodó a Domi.

— Ana...— masculló Domi entre sueños—. ¿Estás bien?

— Estoy bien. Descansa— pidió Ana mientras la cubría con una manta—. Dulces sueños.

Ana tomó una ducha de pies a cabeza y mientras lo hacía, se obligaba a no pensar en todo lo ocurrido aquel día. Su desagradable enfrentamiento con Jinsook, su desagradable final con Jungji.

Pero , cuando se disponía a acostarse, se topó

¡Nuna, te amo!

con el enorme gato de peluche y su cuerpo fue sacudido por unas ganas infinitas de llorar.

Una y otra vez, volvía a escuchar las despreciables cosas que le dijo su jefe y luego, las horribles palabras que ella le dijo a Junji... no sólo aquel día, sino en cada uno de sus fortuitos encuentros.

Lentamente, caminó hacia el juguete, lo tomó entre sus brazos, palpó su extrema suavidad, lo apretó contra su cuerpo. Por unos instantes, se sintió reconfortada... y sola. Entonces sí, comenzó a llorar abrazada al gato. Tal como Jungji en algún momento, pensó que lo haría(1).

Ana llevó el peluche a la cama. Notó una caja de regalo de forma rectangular colocada sobre su mesita.

Para: *Ana*
De: *Yoo Sooje*

"Llámame cuando lo abras." — Rezaba la tarjeta.

Así que lo abrió. El regalo resultó ser una botella de fino vino.
— Ah, Sooje... siempre tan oportuno— suspiró.

Intrigada, marcó el número del compositor, pero para su sorpresa, este no aceptó la llamada.
— Oh... — se apenó Ana—. Creo que no contaba con que recibiría el obsequio a tan altas horas...

el celular vibró. ¡Era Sooje solicitándole una

videollamada!

Más confundida aún, Ana aceptó.

En la pantalla del celular apareció el idol mojado, en un diminuto traje de baño azul marino, sentado en el borde de la piscina.

— *Lo siento, estaba nadando cuando el celular sonó*— se disculpó.

— Oooh, ya veo. Estuve fuera todo el día, acabo de abrir tu obsequio.

— *Tienes la botella junto a ti*— se alejaba Sooje de la piscina.

— S-síp.

— *Genial, porque quiero invitarte un trago*— volvió la cámara hacia la mesita en la que descansaba junto a una copa, una botella de vino similar a la de ella—. *¿Aceptas?*

Y Sooje le robó así, la primera sonrisa del día.

~¤~

Se tomó el vino en compañía de Sooje. Él tendido en un *chairlong*, ella tendida en la cama.

— No creo ser buena cuidando de otros. Soy muy distraída cuando estoy sumergida en algún proyecto. ¿Sabes? Incluso he olvidado regar mis plantas.

— *Entiendo...*

— A mí me agradan los perros.

— *Has dicho que los odias.*

¡Nuna, te amo!

— No, he dicho que ellos me odian a mí. Quisiera tener uno pero... mi rutina no me permitiría cuidarlo.
— *Increíble, estamos hablando nuevamente de animales. ¡Siempre hablamos de animales! ¿Qué no habíamos hecho un pacto la última vez?*
— ¿Lo hicimos?

— Lo sé. Los veo en la prensa. Siempre están viajando.
— *Así es. En unas dos semanas... celebraremos el fanmeeting.*
— Pero... ¡empezamos a grabar justamente en dos semanas!— se preocupó Ana.
— *¡Tranquila! Será aquí en Seúl.*
— Pero Mingun...¿no estará muy estresado...?
— *¡Descuida! Estamos acostumbrados a este tipo de horarios. Te aseguro que Mingun llegará a tiempo y listo al set de grabación cada día. ¿Te sirvo más..?*

Ana habló sobre los riesgos y vicisitudes que debía afrontar aquel que persigue sus sueños en tierras extranjeras. Sooje le contó cómo se convirtió en un idol yendo en contra de los deseos de su difunto padre.

— ¡Salud!
— *Salud...*

— ¿Barbas?
— *Síiiii, y esos vellos finos que les salen en los brazos...*
— ¿Como *Wolverine*(19)?

— *Seeee.*

— ¿Oh? Pero... yo no tengo vellos. De hecho, así como *Wolverine*... te será difícil encontrar un coreano.

— *Jajaja. ¿Qué estás diciendo? ¿Crees que el día que elija un hombre, será por la cantidad de vellos que tenga en el cuerpo? Jajaja. Es la segunda vez en menos de una hora que me haces lucir superficial.*

— ¡Ah! Sólo digo que me gustaría tener vellos en los brazos en estos momentos— dijo con voz suave, y quedó quieto, la vista al frente, absorto en la imagen sonriente de Ana, tan viva, llena de color y ebria en su pantalla.

Ana también lo observó con ternura durante unos segundos. Sooje le parecía un ser humano sumamente frágil e influenciable. Alguien que podría ser lastimado fácilmente. Pero aquel gesto, aquella noche. La había ayudado a olvidar sus amarguras. Estaba agradecida de poder contar con él.

— *¿Más vino?*

— Sí, por favor.

— No soy el F.zone tímido

— *¿Perdón?*

— Seoksun. Seoksuna es más tímido que yo.
  Ana sonrió.

— Salgamos juntos otra vez, Ana. ¿Qué dices?

— *No por ahora.*

— ¿Por lo del paparazzi?

— *Y la grabación y las clases y mi tesis... todo junto.*

¡Nuna, te amo!

— La próxima vez quizás tomemos unos tragos reales. ¿Te parece?
— *Claro. Claro.*
— Claro, avisa cuando tengas tiempo.
— *Quizás Domi y Mingun quieran ir con nosotros también.*

Sooje comprendió que Ana no estaba interesada en tener una cita a solas con él. Sin embargo, y pese al alcohol, trató de no mostrarse desanimado.

— Es fácil notar que de los 5 miembros, tú y Hyohwa son los más introvertidos.
— ¿Ah, sí?

Sooje desvió la mirada, pensativo.
—No hay que ser un genio para saber que de todos, ustedes dos cargan el pasado más triste.
— ¿Y tú? Cuál es tu pasado?
— ¿Mi pasado?

Ana sonrió, fingiendo pensar.
— Ya ni lo recuerdo.
— He creado un mantra que... tal vez te sirva. "Si es lo que me hace feliz, haré lo que sea para permanecer allí."
— ¿Lo que sea?
— No funciona si aún no sabes qué es lo que te hace feliz.
— Uhmm, interesante.

Y acabaron la velada muy tarde de la noche. Ambos ebrios. Sooje dormido envuelto en una toalla en el techo. Ana dormida, abrazada a su peluche.

17

en el techo. Ana dormida, abrazada a su peluche.

¡Nuna, te amo!

18

Capítulo 69

Sol de otoño

quel día, soplaba una brisa suave y fresca; el cielo lucía un azul más claro e intenso que días anteriores y las hojas de los árboles comenzaban a exhibir una gama variada de colores cálidos.

El otoño había llegado, y con él volvió la vida al Kodae(2). Ana, Domi y Kyoin se reintegraron a sus respectivas clases.

Iniciaron los preparativos para el rodaje de "Segunda vida", manteniendo a Ana aún más ocupada y a Mingun estudiando guiones.

Después de confesarle lo que sentía a Ana y abandonar sus sentimientos con ella aquella noche en Eurwangni. Jungji visitaba con más frecuencia la casa de sus padres en Pohang.

La distancia aminoraba las visitas, pero para alguien tan descuidado como Jungji, tres visitas en

¡Nuna, te amo!

menos de un mes, era un récord digno de mencionar.

Con la llegada del hijo, la casa de los Kang se llenaba de luz y vida. Jungji disfrutaba conversar con su padre, y la señora Kang, mimarlos y atenderlos. Feliz, colocaba una y otra vez la bandeja llena de aperitivos sobre la mesa, ni siquiera reparaba en lo continua de sus interrupciones.

— ¡Oh, pero no han probado nada!— observó las demás bandejas intactas.

— Mamá…— respingaba Jungji.

El padre colocó un bocadillo en la boca del hijo.

— Come, hijo. ¿No están deliciosos?— dijo el padre haciéndole un guiño.

Jungji no disimuló un largo y profundo suspiro, sin embargo, Jinwoo estaba tan emocionada que no notaba los desaires de su retoño, en cambio, salió sonriente en busca de las bebidas.

Cuando la mujer se fue, Jungji retiró el bocadillo de sus labios y lo devolvió a su lugar.

— A veces creo que lo hace a propósito— se quejó con el padre.

— No te expreses así de tu madre. Ella sólo vive para consentirte.

— Sí, pero… ¿Crees que algún día acepte que soy un adulto "muy" independiente?

Jinwoo entraba tarareando.

— No. Eso no pasará— le aseguró el padre dando palmadas solidarias en su espalda.

La señora Kang, como siempre, acompañó a su hijo hasta la salida. El señor Kang lo llevaba en su auto hasta la terminal del tren.

Jinwoo sentía que su hijo no era el mismo. Lucía más enfocado y melancólico. Menos presuntuoso y más humilde.

Esa noche, la madre compartió sus preocupaciones con su esposo.

Para el padre, su hijo sólo estaba madurando, pero ella no aceptaría una respuesta tan banal.

~¤~

Si tuviese que mencionar un lugar del mundo en el que un fanático tenga más oportunidades de reunirse con su artista, ese lugar sería Asia.

Y es que en el universo del entretenimiento asiático, tal como lo dijera Mingun en su momento, los fans no son un juego. Ellos tienen el poder de crear o destruir literalmente una estrella, y por esto, todo lo que un fan pudiera soñar, la industria se preocuparía por hacerlo realidad. El fanmeeting era uno de esos sueños.

En Corea del Sur, el fanmeeting es una reunión organizada que te permite tocar las manos de tu artista, tomarle fotos mientras él posa para ti, conversar con él y hacerle preguntas, conseguir autógrafos y comprar objetos de edición especial del evento entre muchas otras cosas. Además de escucharlo cantar, imitar, verlo jugar... Todo por la compra de un boleto. Boletos que estaban al alcance de todos en la web.

Para "Sol de otoño", el fanmeeting de F.zone, las boletas se agotaron apenas 15 minutos después de abiertas las ventas. Era también por esta razón por la que los eventos de esta agrupación se efectuaban en grandes estadios como el Thunder Dome de Bangkok, el Yokohama Arena de Japón o el Gocheok Sky Dome en Corea donde precisamente se reunirían hoy con sus Sunnys.

El *skydome* coreano tiene capacidad para casi 17,000 personas y sin embargo, muchas fans se quedaron sin entradas.

Gracias a la intervención de Minso, Hyonra estaba allí. Feliz, gritando para llamar la atención de los F.zone al igual que todos y todas y llorando de la emoción sin poder creer que aquello fuera real.

Jinsook estaba a su lado, observando atento los movimientos de la adolescente. Esa era la condición del permiso. Y pese a que su boleto incluía tocar las manos a los F.zone, su padre, jamás lo permitiría.

— ¿Por qué le regalas *tickets* que la autorizan a tocar a esos muchachos?— se había quejado Jinsook con Minso al respecto—. ¿No es suficiente con obligarme a revocarle el castigo para que los vea? ¿Quieres además que los toque?

— ¡Sólo esas entradas pude conseguir!— explicó Minso.

— Pues no irá.

— Me pediste que pasara tiempo con ella...

— ¡Ya! Deja de usar la misma excusa. Te pedí que hablaras con ella. ¡Hablar con ella! Eso era todo.

— No lo entiendes, Jinsook. Hyonra es una adolescente, está pasando por muchas cosas y además, cree estar enamorada.

— ¡Pero no es real! Tú y yo lo sabemos. ¡Somos adultos! ¿Es así como la educo? ¿Dejando que me arrastre en su locura?

— Real o no Hyonra está en una edad delicada en la que o eres su amigo o eres su enemigo. Y sólo hay una forma de ganarse su confianza: Apoyándola. ¡No mires esta acción mía como una falta a la autoridad que tienes sobre tu hija! Te estoy dando la oportunidad de dejar de ser su enemigo.

Y allí estaba él, sentado junto a su hija. Mirando a todos lados, evaluando el evento.

El staff de KM Entertainment sabía muy bien lo que hacía, habían elegido minuciosamente a los chicos más guapos de Corea y los habían unido en un solo grupo. Cuidaban su imagen y los marketeaban de manera acertada, sus eventos y participaciones eran un dardo que se clavaba sin piedad en los corazones de las chicas. Podía entender la obsesión de Hyonra, era productor también, su hija simplemente había sucumbido a los efectos de la mercadotecnia de un producto de primera que la KM tenía en oferta.

Los F.zone abrieron el evento con una impresionante introducción que precedió al mini concierto. Y con cada tema, con cada vestuario y coreografía, con cada escenografía y juego de luces, la multitud enloquecía. Los gritos eran ensordecedores, las chicas desesperadas se empujaban unas a otras, algunas lloraban, otras se desmayaban al contemplar una sonrisa o un guiño de su artista proyectado en primer plano en las

¡Nuna, te amo!

enormes pantallas colocadas estratégicamente alrededor del escenario.

— Excelente...— apreció en voz baja Jinsook.

~ꖘ~

Llegó la hora de la sección de preguntas.

Todos los asistentes al evento escribían preguntas, la producción las colocaba dentro de una gran esfera transparente y un famoso MC introducía la mano, sacaba las preguntas al azar y se las realizaba a los F.zone, sentados en medio del escenario.

Para Mingun:
"Todos saben que compartes habitación con Jungji, si pudieses elegir compañero de habitación otra vez, ¿cuál miembro de F.zone sería?"
Mingun: Sooje.

Para Jungji:
"Es evidente lo mucho que quieres a Mingun y lo bien que se llevan. Si pudieras medir tu cariño hacia él, del 0 al 10 que numero elegirías?"
Jungji: 10
Respondió sin dudarlo, y este dato hizo enloquecer a las fans del JuMin, que aquel día, eran muchas.

Para Seoksun:
"Todos saben que eres el vocalista principal de F.zone y el lugar que ocupan los demás miembros del grupo en la banda; pero fuera del trabajo, ¿qué

24

cualidades resaltan más en ti y en cada uno de los otros miembros?

— ¡Oh! Me agrada esa pregunta— apreció Seoksun en un tono de voz encantador que hizo suspirar a todas y provocó las risas de sus compañeros.— ¿Por dónde empiezo?

Todas las Sunnys empezaron a gritar el nombre de su *bias* al mismo tiempo, a viva voz.

— Empecemos de izquierda a derecha. ¿Les parece?

Las Sunnys aceptaron.

— Hyohwa: — inició Seoksun— todos saben que es un buen músico y compositor. También es de todos nosotros el más reservado. Y tal vez por esa misma razón todos ignoran que nuestro Hyohwa es el hombre más romántico del grupo.

— ¡Oh!— exclamaron las Sunnys sorprendidas ante dicha confesión, ante lo cual, Hyohwa se limitó a cubrirse el rostro avergonzado mientras reía.

— Mingun,— continuó Seok— es un hombre hogareño y tranquilo. Jungji, por otro lado,— dijo volviéndose hacia el interpelado quien estaba sentado a su derecha lanzándole una mirada encantadoramente amenazante— ¡es todo lo opuesto a Mingun!

Las Sunnys rieron.

— ¿Qué quieres decir, Seoksuna?— exclamó Jungji fingiendo estar ofendido.

—Jungji es el alma de la fiesta— aclaró Seok entre risas—. Le encanta salir y divertirse pero la verdad, no hay diversión sin Jungji— dijo palmoteando el hombro de su compañero.

¡Nuna, te amo!

Y todas las Sunny suspiraron conmovidas ante el despliegue de fraternidad exhibida por los dos hombres.

— Finalmente, pero no menos importante, ¡Sooje! — exclamó Seoksun como si presentará al invitado principal de la noche.— El poeta del grupo... Quien hace poco, casi quema la cocina.— confesó.

— ¡Ah! — suspiro Sooje avergonzado.— ¡No es cierto!

— Sí lo es.— aseveró Seoksun entre risas.

Las fans También pidieron a F.zone que cantaran un verso de una de las canciones del nuevo álbum. El conductor no creyó que esto era prudente puesto que los temas para el nuevo álbum ni siquiera se habían desvelado.

— Hoy, las Sunnys mandan— respondió Mingun y entre aplausos y gritos de alegría, Seoksun dio un paso al frente dispuesto a complacer a la audiencia.

Seoksun cantó a capella el verso del tema "Otra vez", una hermosa balada que derritió los corazones de todos los presentes.

~ö~

Durante el show, el primer bailarín Jungji ofreció a sus fans un solo de danza.

Bailó descalzo y vestido de blanco una coreografía excesivamente suave, sensual y atrevida mientras caía lluvia artificial sobre el escenario. Con cada movimiento, su cuerpo se humedecía, su pelo…, su camisa, apenas abotonada, se tornaba transparente. Al final, Jungji abandonó el escenario, dejando tras de sí una multitud delirante.

~¤~

Tres horas pasaron increíblemente rápido para las asistentes, tras las cuales inició el sorteo de 10 regalos para las Sunnys que estaban sentadas en la arena; regalos que recibirían de las propias manos de sus bias.

Hyonra estaba eufórica. El sólo pensar en la posibilidad de volver a estar de pie frente a Jungji y más aún, recibir un obsequio de su parte, la conmovía hasta llorar. Lloraba atenta a los siete números de su boleto: 5658914.
— No irás— le aclaró Jinsook acercándose a su oído.
— Pero, papa...— gimió con el corazón oprimido.
Cuatro obsequios fueron entregados por Jungji, tres por Mingun, uno por Hyohwa y otro por Seoksun. De las 9 Sunnys premiadas, ninguna tenía por bias a Sooje.
Quedaba un último obsequio. Hyonra emocionada y expectante no perdía la fe de que fuera suyo. Como todas las demás.
— No irás— recalcó Jinsook tajante.
Y el MC sacó de la tómbola el último *ticket* ganador.
— 56...
Hyonra gritó pegando un salto. Y todas las Sunnys cuyo número de boletos empezaban en 56, hicieron lo mismo que ella.

¡Nuna, te amo!

— ...58...

Hyonra quedó sin habla.

— Esa era la condición — le recordó Jinsook atrayéndola por el brazo —. Sin roces.

— ¡Sí! — espectó la adolescente, deshaciéndose del toque del padre, molesta— Y por esa misma razón no voy a participar en el *Hi-touch*(3)!

— Y por la misma razón, no vas a subir si llaman tu número. ¿Está claro?— la miró Jinsook a los ojos amenazante.

— ...9...

— ¡Oh, por dios!— se exaltó Hyonra al escuchar el último número en voz del MC.

— ¿Está claro?— Volvió a tirar Jinsook de su brazo.

Los gritos de las Sunnys aumentaban de intensidad con cada número revelado por el presentador.

— ...1...

Pero Hyonra ya sólo tenía oídos para la voz del animador.

— ....7!

Una chica en la misma fila de Hyonra se puso en pie lanzando gritos histérica mientras la hija del productor se sentía morir.

— ¡Tenemos una ganadora! — Exclamó el MC

Hyonra no podía dejar de observar a la chica agraciada.

— ¡Ven! ¡Acércate! Tu F.zone te espera- pidió el animador.

La afortunada joven, corrió hacia el escenario pasando frente a Hyonra.

—N-no…- musitó Hyonra al borde del llanto.

— Hyonra, ¿estás bien?— preguntó Jinsook con un tono de voz más condescendiente.

Hyonra no contestó, no podía creer lo cerca que estuvo de ser seleccionada.

— ¡Hyonra!— trató de llamar su atención el padre sintiendo que la perdía—. ¡Hyonra!

Pero Hyonra no podía apartar la mirada de la chica.

La Sunny subió a la enorme tarima.

— ¿Cuál es tu bias?— preguntó el MC después de agradecer su presencia y darle la bienvenida.

—¡Jungji!— dijo la muchacha cubriendo su rostro apenada y sonriendo nerviosa.

— No... — gimió Hyonra quien aún agonizaba.

La confesión de la chica motivó gritos de aprobación y algarabía entre gran parte de las asistentes y Jungji, ni corto ni perezoso se dirigió hacia la mesa sobre la cual descansaban los regalos y tomó el obsequio más grande.

— Ustedes son muy importantes para nosotros, gracias por querernos y apoyarnos— dijo Jungji al micrófono mientras con una gran sonrisa, entregaba el premio a la emocionada fan.

Todas las presentes se sintieron aludidas por las palabras del idol y gritaron y aclamaron su nombre a viva voz.

Hyonra , se volvió hacia su padre con los ojos llenos de lágrimas.

— Debí ser yo...— sollozó—. Debí... — las lágrimas no le permitieron continuar.

¡Nuna, te amo!

Las Sunnys tomaron nuevamente asiento y el evento continuó. Mientras el escenario era preparado para el cierre, la chica con el premio pasó frente a Hyonra de regreso a su butaca.

Hyonra se puso de pie rápidamente y haló con todas sus fuerzas a la sunny por su larga cola de caballo.

Capítulo 70

Perdimos eso

El grito de la chica alertó a las Sunnys más cercanas y todas se pusieron de pie alarmadas al ver la acción de Hyonra.

— ¡Hyonra, no!— reaccionó rápidamente Jinsook obligando a su hija a soltar a la pobre muchacha.

Desde el escenario, los F.zone y el MC observaban el tumulto que se empezó a formar en la arena.

Las Sunnys más alejadas también se inquietaron. Todos observaban curiosos sin saber qué realmente sucedía.

Los miembros de seguridad acudieron a ver qué ocurría..

La chica atacada intentó desquitarse del ataque contraatacando a su vez, pero las Sunnys a su lado, la sujetaron para evitar la pelea. Jinsook sujetaba también a Hyonra quien en todo momento, se mostró dispuesta a continuar la pelea.

¡Nuna, te amo!

— ¡Ese regalo es mío!— gritaba Hyonra enloquecida.

Los F.zone se acercaron al borde del escenario y empezaron con sus palabras a tratar de calmar a la audiencia, en tanto que la seguridad del evento se abría paso entre el mar de gente.

— Por favor, no se empujen entre ustedes— pidió Seoksun dulcemente y un profundo silencio invadió el enorme estadio.

— ¡¡¡Jungji!! ¡¡¡Te amo!!!!— Hyonra atravesó con un gritó el silencio reinante y una ola de risas llenó todo el lugar.

Jungji se volvió y sonrió más tranquilo, al ver que la exclamación había surgido desde el lugar del conflicto.

— Gracias. Yo también te amo.

Conmocionada por aquella expresión, Hyonra conmocionada contuvo la respiración y perdió el sentido.

El personal de seguridad llegó finalmente hasta ellos y ayudó a Jinsook a sacar a su desmayada hija, bajo los gritos y aclamaciones de júbilo de las fans.

Con la salida de Hyonra de la arena, todo volvió a la normalidad y los F.zone cerraron con broche de oro el espectáculo.

~ʚ~

Al día siguiente, todos los medios comentaban el éxito que había sido el espectáculo de los F.zone, haciendo hincapié en el buen comportamiento que mostraron las fans, el excelente trabajo del equipo de seguridad, la gran organización con que contó el evento y el magistral desempeño del MC y los cinco miembros de la banda.

Y pese a que se filtraron en la red un gran número de imágenes y videos del evento, ninguna Sunny publicó detalle alguno sobre el incidente protagonizado por Hyonra para no perjudicar la imagen de sus artistas.

Chanjin, en cambio, dedicó todo un segmento de su programa "Hoy con las estrellas" para contar con lujos de detalles el bochornoso acontecimiento protagonizado por la hija de su colega durante el esperado fanmeeting.

No fueron sólo palabras, el presentador mostró videos hechos por fans con celulares que filtraron en la arena.

— Lo extraño — dijo a las cámaras—, es que KM Entertainment no incluya aún a esta sunny en su lista negra de acosadores-. ¿Se deberá al linaje de esta aguerrida adolescente? Habría que investigar.

Y en la KSMB, la noticia voló a la velocidad del viento. Ana y el novato Park vieron el programa en uno de los tantos monitores instalados en el edificio.

Chanjin aclaró que, la acosadora era la misma protagonista del escándalo del aeropuerto(4).

Y el rumor guardado de que la *sassaeng* era hija del PD Kim, dejó de ser secreto.

~¤~

¡Nuna, te amo!

Así que Jinsook buscó un lugar apartado del edificio para meditar. Necesitaba disipar la mente para enfocarse en el trabajo.

Intencionalmente, su colega lo estaba avergonzando. Había quedado fuera de la audición y con esto, moría también su lealtad. No podía ser otra cosa. No había ningún otro motivo para hacerlo pasar por esto.

— Minso...— masculló con amargura.

De todo corazón se arrepentía por haber acudido a ella en busca de ayuda aquella noche. Jamás debió ceder. Siempre supo que nada bueno saldría de aquello. Sentía tanta ira y frustración ahora, que no se creía capaz de mirarla a los ojos sin lastimarla.

Así lo encontró Ana, triste, serio, meditativo, solo en aquel pasillo.

Ella trató de evitarlo. Siempre lo rehuía desde aquel día en que lo acusó de ser el admirador y casi lograba rehuirlo también hoy pero...

— ¡Ana!— la llamó.

Ana intuyó que su suerte había acabado. Para nada bueno la llamaba el jefe, estaba segura de ello.

— ¿Sí, señor?

— Desde hoy y mientras dure tu pasantía, serás mi asistente personal.

— ¡¿Qué? !Pe– pe– pero...

— Ya lo escuchaste— dijo y se disponía a marcharse.

— Pe–pe–pero... ¡señor! ¡Soy la asistente de la señorita Minso!

— Ya no.

— Pe–pe–pero... señor... sólo trabajo medio tiempo en la empresa... ¿cómo podría?

— Estás poniendo peros a mis órdenes.

Se iba pero la voz de Ana lo detuvo otra vez.

— Señor... no me lo tome a mal, pero... no acepto. Se vería mejor si elige al novato Park en mi lugar. Incluso él es de mayor rango que yo.

— ¿Ahora me dices qué hacer?

— Y–yo... lo siento, señor— bajó la mirada—. Es que yo... por favor. No quiero más problemas. La señorita Minso me odiará si tomo su puesto.

— Pues te diré qué, a partir de ahora serás mi asistente directa. Harás lo que te ordene…

— Pe-pero…

—…¡sin peros! Porque me has causado muchas molestias y es la única forma en la que obtendrás mi perdón.

Ana lo observó alejarse. Era todo lo que le faltaba a su tragedia, que su cruel jefe la utilizara para descargar su pena.

~ ¤ ~

Jungji por su parte continuaba en sus andadas. Y aunque Ana continuaba apareciendo en sus pensamientos, él no se dejaba doblegar por las emociones y luchaba, incansable, contra aquel fantasma.

Desde aquella noche en la playa no volvió a saber de ella, hasta que llegó el otoño.

Había salido con Kyoin y un grupo de

¡Nuna, te amo!

compañeros que se hospedaban en la misma pensión. Comieron, tomaron… Regresaban a casa en taxi. El taxista había tomado el atajo acostumbrado que lo llevó a bordear el Kodae.

Esta vez fue Kyoin quien al pasar cerca del campus, notó en la oscuridad, la figura de Ana avanzar lentamente por la acera. Involuntariamente, se volvió hacia Jungji y notó cómo este, hacía hasta lo imposible por no voltear a verla.

Kyoin guardó silencio. Fingió también no haber visto a la nuna.

Ignorar a Ana, una de las pocas decisiones de su amigo que Kyoin aprobaba.

~ꑗ~

Tal como se había planeado y sin contratiempos, comenzó la grabación del capítulo piloto(5) del drama.

Durante el rodaje, todo el elenco y personal quedó impresionado con las cualidades histriónicas del Fever, Yooki.

Al director no le cabía la menor duda de que, de seguir así, Yooki estaría nominado en la categoría de "Actor novato del año" en las premiaciones venideras.

La actuación de Mingun, por el contrario, dejaba mucho que desear. Estaba muy nervioso y los elogios de todos para con Yooki, lo ponían aún más nervioso, estaba claro que todos esperaban que superara o igualara al compañero.

Su nerviosismo, inseguridad y falta de experiencia quedaron en evidencia con cada escena que debían repetir por sus torpezas.

Su participación fue tan penosa, que Yooki, solidario, se comprometió a ayudarlo con el desarrollo de su personaje cuando estuvieran fuera del escenario.

Así que Mingun invitó a Yooki a tomar un trago al final del día para liberar tensiones.

— ¿Qué dices, Ana? ¿Vienes con nosotros?

— Quedé con Domi para cenar en el campus.

— Pues vamos a comer y beber en el campus. Conozco un buen lugar— propuso el novato Park.

Finalmente, todos menos Yooki, aceptaron la invitación de Mingun.

Yooki ensayaba, grababa, practicaba para el concierto de Fever a mediados de otoño y, al mismo tiempo, trabajaba en el drama. Pasaba los días demasiado agotado. No había tiempo para diversión.

— Ana— la llamó Jinsook—, tu vuelves conmigo al canal— dijo y se alejó rumbo al estacionamiento.

Minso lanzó una mirada feroz a la pasante, antes de salir corriendo tras Jinsook.

— Ya oyeron al jefe— se volvió Ana hacia los chicos—. Ustedes adelántense. Allá los alcanzo.

~¤~

Minso interceptó a Jinsook justo cuando este

¡Nuna, te amo!

subía al vehículo.

—¿Me puedes explicar que significa esto? — inquirió ella—. ¿Ahora la pasante ocupará mi puesto?

— ¿No te lo había dicho? — dijo él con total naturalidad mientras se sentaba al volante—. Me disculpo por eso.

— ¡...! ¿Qué crees que estás haciendo Jinsook? Ya no sé cómo pedirte disculpas. ¿Hasta cuando vas a castigarme?

— No seas tonta, Minso. Sólo estoy aminorando tu carga de trabajo— hablaba evitando mirarla a los ojos.

— ¿Y transfiriéndola a la pasante? Pues no lo acepto.

— ¿Por qué? ¿Porque es la pasante? Entonces elegiré a Joonhe, por favor, dile al novato que venga.

Minso no sabía qué más decir, no tenía defensas. Había cometido un error y debía pagar por eso, pero dios, ¡cuanto dolía su indiferencia!

— Está bien. Si es lo que deseas, pondré mi renuncia.

— ¡Santo Dios, Minso! ¿Acaso vas a presionarme también con esto? ¿Qué no han causado suficientes estragos a mi vida tus manipulaciones?

— ¡Jinsook!

— Bien. Si es lo que deseas, renuncia. De lo contrario, aceptarás que Ana sea mi asistente mientras dure su pasantía. ¿Crees que puedas, por favor, volver a respetar mis decisiones algún día? ¿Cuándo? ¿Cuándo perdí tu respeto? ¿Cuándo perdimos eso?

Ana llegó. Miró a los superiores consciente de que interrumpía y esperó.

— Sube, Ana— ordenó Jinsook.

Ana corrió al auto y se sentó en el asiento del copiloto.

— La próxima vez no te quedes así parada. A partir de este momento tu lugar es a mi lado— aclaró y aceleró el vehículo.

Minso quedó destrozada. Había perdido al amigo y estaba perdiendo a su jefe.

"Todo por ocultarle un beso"— se lamentaba.

¡Nuna, te amo!

Capítulo 71

Ilusión

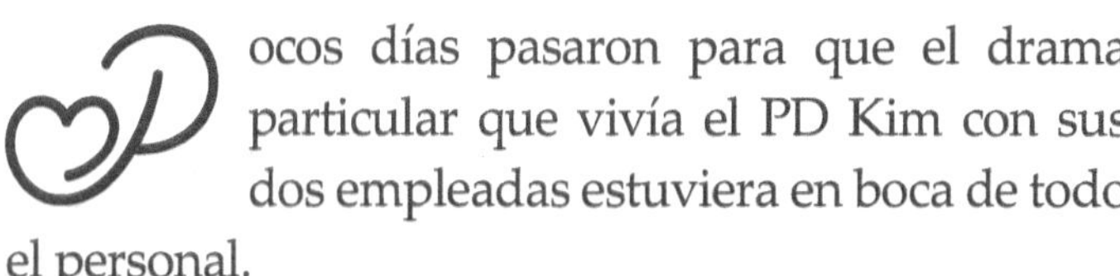

ocos días pasaron para que el drama particular que vivía el PD Kim con sus dos empleadas estuviera en boca de todo el personal.

— ¡Esto es un abuso absoluto y total!— comentaba Lía

Era la hora del receso.

—¿Cuánto tiempo lleva aquí—continuó—, ¿ah? ¿Apenas dos meses y ya Primera asistente? ¿No les parece exagerado?

—Algo ha de haber sucedido— reflexionaba Mia

— Claro que algo ha sucedido. Se llama Rivas Ana. El PD Kim simplemente ha caído a sus pies rendido.

— Ese es el asunto, el señor Kim no es de los que se impresiona así tan fácil.

—Ahora que lo mencionas…— calculó Mia— En todos los años que llevo en esta empresa, jamás le he escuchado un escándalo con alguna compañera. ¡Y

¡Nuna, te amo!

mira lo guapo que es! Podría estar con cualquiera.

— Pero es un hombre después de todo. Quizás prefiere las extranjeras.

— No estás reflexionando, Lía.

— Mia tiene razón— corroboraba el seguridad Chunghee—. Algo extraño está pasando en ese departamento.

— Y deja que Luna se entere... — imaginaba Mia lo peor—. No le va a gustar nada.

—¿Te imaginas? Hizo de todo para…¡Ouch!

Mia había asestado un codazo a Lia y la reprendía con la mirada.

—¿Q-qué…?— refunfuñó Lia— Sólo digo que el puesto de Primer asistente, era el puesto que quería el PD Han(21)…

— No hizo todo lo que hizo sólo por el PD, ¿sabes? — salió Mia en su defensa— ¡Ah, que tonterías! — reaccionó—. ¡Por supuesto que lo hacía por Han!

— Oigan, ¿y qué se hizo este tal Han? — sintió curiosidad Chunghee

— ¡Siguió nuestro consejo! — exclamó Lía emocionada.

— ¡Entró al mundo del modelaje!

— Modela marcas asiáticas en el extranjero.

— ¿Le estará yendo bien?

— Al parecer— supuso Lía—hace poco vimos su foto en una revista.

— Él está feliz ¿y nuestra *unnie?* tirándose del pelo con la extranjera.

~¤~

Con esto de estar al lado del jefe Ana apenas podía llegar a tiempo a las secciones de clases.

Corría como loca de aquí para allá, de la KSMB a la universidad y de vuelta varías veces durante el día. Ni hablar de clases si además tenía grabación.

Una semana después, no lo podía resistir.

Cuando uno de los maestros le llamó la atención, Ana supo que todo estaba mal. A este ritmo acabaría perdiendo el trabajo o perdiendo el semestre.

En una de esas carreras tropezó con un estudiante, todos sus libros y ella rodaron por el campus. El joven se detuvo para asistirla, y pese a que el incidente había sido descuido de ella, él se empeñaba en pedir disculpas. Ana reparó en su rostro. Se trataba de Kyoin. el amigo de Jungji; pero ella estaba muy apresurada… apenas recoger sus cosas, hizo una reverencia en señal de despedida y agradeció la ayuda mientras se alejaba. No podía detenerse a conversar… o preguntar por Jungji.
"Jungji… Espero que esté bien" —deseó sinceramente

No paró de pensar en el idol, ni siquiera durante las clases.

~¤~

Él la buscó por todos lados.
La encontró arrojando piedrecillas junto al arroyo.
— Hola— saludó sonriente.
— ¡Tú otra vez!
— Sabía que estarías aquí.
Ella bajó la mirada ruborizada, le dio la espalda y

¡Nuna, te amo!

comenzó a alejarse de él.
—¡Espera!
Ella se detuvo. Él se acercó.
— Hacía mucho tiempo no venía aquí. Solíamos jugar en este lugar cuando niños... ¿recuerdas?...

Y mientras grababan, Ana no podía dejar de observar aquella escena. Se parecía tanto a los encuentros que protagonizaron varias veces ella y Jungji.

— ¡Corte!— gritó el asistente del director.

Todo el personal comenzó a prepararse para la siguiente toma.

Yooki se acercó a Mingun.

— Lo estás haciendo mejor ahora.

— Todo gracias a tu ayuda— Mingun reverenció al Fever.

Los ojos de Mingun tropezaron con los de Ana. Ella le regaló una gran sonrisa mientras lo animaba con un pulgar arriba.

— Creo que tienes otra admiradora— comentó Yooki con malicia—. En todo el rodaje, no te quitó los ojos de encima— hizo un giño y se alejó.

Estas palabras hicieron a Mingun resplandecer de alegría. Se volvió a mirar a la nuna, y tal como Yooki lo dijera, ella continuaba observándolo. Así que esta vez, fue el idol quien le devolvió una sonrisa.

"¿Será posible...? De algún modo... ¡he logrado impresionar a Ana nuna!"

Se volvió a mirarla nuevamente antes de que el director pidiera silencio en el set y... ahí continuaba ella, mirándolo con una especie de aura angelical.

~ꓧ~

Pese a estar rodeado de chicas y amigos, Jungji luce particularmente callado y distraído.
— Despierta, amigo— llamó Kyoin su atención tendiéndole un vaso.

Jungji rechazó la bebida.
— Disculpa... Disculpen todos. Son los ensayos— se justificó—, me tienen agotado— y se puso en pie—. Será mejor que me vaya.
— Pero... ¡Jungji! — reaccionó Kyoin contrariado y sorprendido.
— Tú quédate, Kyo. Llamaré un taxi— dijo y salió.

Kyoin sabía que algo no estaba bien. Ni de bromas le mencionaría que se había topado con la nuna. Sea lo que sea que le ocurriera a su amigo, ya se le pasaría.

~ꓧ~

Los días subsiguientes Ana volvió a abstraerse observando a Mingun durante el rodaje.

Había leído el guion tantas veces... de forma mecánica y sin darse cuenta de lo similar y dramática que era su propia vida.
"¿Por qué estoy tan sensible?"— se preguntaba, recorriendo cada movimiento de Mingun con la mirada.

La sensibilidad nos hace percibir el mundo de otra manera. Cómo cuando sufres por amor y de pronto, todas las canciones románticas parecen

¡Nuna, te amo!

contar tu historia.

Ana comenzaba a creer que el destino le enviaba señales. Mingun y la actriz, eran ella y Jungji sin las peleas. A diferencia de sus vivencias, aquellas escenas… eran románticas y lindas.

— ¿PD Rivas?

El novato Park… ¿había estado todo el tiempo a su lado?

— ¿E–eh? ¿Sí? — despertó ella.

Park no contestó.

Ana miró a su alrededor, el rodaje había finalizado.

— ¡Oh, sí! Ya voy...

Ana corrió hacia su jefe.

Mingun observaba todo lo ocurrido con una sonrisa.

"Está tan distraída..."

Ver a Ana tan enfocada en él toda la semana, llenó poco a poco el sencillo mundo de Mingun de una extraña ilusión.

Por eso, aquel día, Mingun la abordó.

— ¿Tienes planes con Domi para esta noche?

— No.

— ¿Con alguien más?

— Tampoco.

— Cenemos juntos, ¿quieres?

— No veo por qué no. ¿Vendrán los chicos con nosotros?

— No. Sólo tú y yo.

Ana se detuvo, insegura de repente.

—No quiero ser el foco de otro paparazzi.

— Quiero conversar. Tú... ¿quieres?

Ana lo observó dubitativa.

—¡Oh, vamos!— gimoteó Mingun—. Creí que estarías ansiosa por compartir conmigo a solas... hieres mis sentimientos.

— ¿Elegirás un lugar discreto?

— Separaré la mesa VIP para celebridades. Entradas y salidas camufladas.

—¿Y me llevarás luego a casa?

Mingun sonrió.

— Te llevaré donde tú quieras.

¡Nuna, te amo!

Capítulo 72

Dilema

urante la cena y sin proponérselo, Ana trajo a colación el asunto del romance en la vida de Mingun.

—... ¿En ningún escándalo con chicas? ¿Nunca Mingun?— lo observaba con expresión divertida.

— Nunca— sonreía Mingun.

— ¿Entonces, qué? ¿Debo suponer que no sales con nadie?

Para Mingun el comentario no pasó desapercibido.

"¿Será que... Ana quiere saber si estoy disponible?"

— Bueno... ¿qué te puedo decir? Ya has notado lo difícil que resulta para nosotros coordinar citas...

— ¡Ah, por supuesto que lo he vivido! — suspiró Ana—. Y es por esto por lo que me pregunto... ¿sales con alguien? ¿Alguno de ustedes... tiene novia?

"Uhmm, ahora estoy confundido... ¿Busca información personal mía o... de algún otro miembro del grupo?...

¡Nuna, te amo!

Quizás está evitando ser tan obvia…"
— No que yo sepa. ¿Estás interesada?

Ana sonrió y para sorpresa de Mingun, la mujer se ruborizó.

— Nunca he estado en una relación con alguien más joven que yo.

— Pero...¿ te gustaría?

— Uhmm, no sé. Los idols… Creo que son guapos pero también pienso que, no están interesados en salir con mujeres .... de más edad.

— Tal vez te equivoques.

— Tal vez. ¿Tu saldrías con alguien... mayor...?

— Uhmm, depende.

— ¿Una mujer como yo?

Los nervios se apoderaron de Mingun quien repentinamente llenó su copa de vino.

— ¿Cómo tú? ¡Por supuesto!— dijo y se tomó la mitad del contenido sin respiro.

Ambos sonrieron.

— ¿En serio no notas lo guapa que eres?— expresó Mingun con honestidad.

— Y... en el caso hipotético de que me guste un hombre joven....

Mingun sintió reseca la garganta, se tomó el resto de lo que quedaba en la copa y llenó nuevamente el vaso antes de que Ana terminará la frase.

—... ¿Qué consejos me darías para llamar su atención?

— P–pues... ¿En tu caso? Sólo deberías llamarlo. Estoy seguro de que se derretiría con sólo escuchar tu voz decir su nombre.

— ¡Mmmm, que dulce! Veo que "en tu mundo" estoy sobrevaluada—dijo y se echó a reír.

— Es la verdad, Ana. Sólo digo la verdad—e hizo una pausa para tomar otro trago—. Llámalo, habla con él. Se honesta en cuanto a tus sentimientos.

Y por un breve instante, se sostuvieron la mirada.

— Creí que no tomabas...— irrumpió ella de repente.

— Lo hago durante las cenas— volvió a tomar otro trago largo.

— Uhmm…

— ¿Hoy? Me llevaré toda la botella— advirtió.

~¤~

Y, sin embargo, no volvió a tomar. Dejó que Ana se hiciera cargo de la botella mientras la conducía a casa.

Cuando Ana bajó del coche faltaba poco para la medianoche. El vino la había tornado más alegre y relajada.

— ¿Tienes planes para Chuseok(6)?—preguntó él.

— ¿Chuseok? ¿Que no falta mucho para eso?

— ¡No! —reía Mingun a carcajadas viéndola así, desenfocada y feliz—. ¡Pero qué dices! ¡Ya es! ¡El próximo fin de semana! ¿Hola, planeta tierra llamando a Ana?

— Jaja. Lo siento. Mi agenda sólo está llena de horarios de transmisión, edición y rodaje. Ah, claro, y secciones de clases del Kodae.

— Casi nada.

¡Nuna, te amo!

— Pequeñeces.

Y reían.

— Si no tienes planes llámame— retomó Mingun—. Lo podemos pasar juntos... No sé. Ir a casa de mis padres... visitar las tumbas de mis abuelos...

— Sería genial, pero ya le dije a Domi que iría con ella y sus padres.

— Bueno— se dispone a marcharse—, llámame si cambias de opinión. ¿Cuándo volverás a visitar mi casa?

— Tú... ¿casa...?

La imagen de Jungji taladró su cabeza. *"Este asunto del admirador era lo único que quedaba abierto entre los dos, debía cerrarlo para que todo termine."*

— ¿Ana?

— ¿Eh? No. Yo... es mejor no visitar tu casa...

— ¿...?

— Por ahora.

Mingun notó como, de golpe, se le apagó la alegría a la productora, pero no dijo nada. Se limitó a observarla alejarse hasta perderse tras la puerta principal del edificio.

~ӿ~

Cuando entró a su habitación, encontró a Domi estudiando. Saludó sin muchas pompas intentando no interrumpir a la amiga y se tendió sobre la cama abrazando a su gato.

Continuaba pensando en Jungji.

"¿Recuerdas aquella noche? ¿La última vez que nos vimos? ¡Fui hasta allí para confesarte toda la verdad! ...

Pensé invitarte a comer y contarte."

"Perdóname, Ana."

"Perdóname..."

Él había decidido alejarse, ella debía hacérselo fácil.

Ana emitió un largo suspiro. Era innegable que estaba muy sensible. ¿Acaso era el vino?

En lo profundo, sentía que debía hablar con él, pero también entendía que, si lo hacía, sería ella quien estuviese abriendo nuevas brechas entre ellos... otra vez.

"¡Ah!" — suspiró de nuevo— *"Debo o no debo..."* — debatía en su interior.

Sin embargo, sacó el teléfono, desbloqueó al admirador y registró a Jungji como un contacto en su celular.

Jungji
Dulces sueños

Todos los mensajes del extraño, estaban personalizados ahora.

Jungji
*Quisiera llenar tus días
de flores y colores*

Jungji
Cada día que pasa,

¡Nuna, te amo!

me enamoro un poco más de ti

Jungji
sólo hay un lugar en el
que quiero estar… a tu lado

"Domi tenía razón…"— notó Ana afligida—*"Sus mensajes… eran realmente dulces…"*
Sin ducharse siquiera, quedó dormida.

~¤~

Mingun encontró a Seoksun y a Sooje tomando té en la sala.
— Que bueno que llegas, ¿grabaciones hasta tarde?— saludó el líder.
— No tanto.
— Te prepararé algo de té.
— No gracias. He tomado alcohol.
Sus compañeros reaccionaron sorprendidos ante este dato perturbador.
— Así que cenaste…
— ¿...? — Mingun se sintió descubierto.
— Tomas entre comidas— le hizo ver Sooje.
— Comidas formales... — dijo Seoksun intercambiando miradas y sonrisas maliciosas con Sooje.
Pero Mingun no contestó a sus preguntas mal intencionadas.
— ¿Cómo está Ana? — quiso saber el compositor.
— ¿Ana...?— por alguna razón la pregunta en voz de su amigo, le sonó extraña, acusativa.

— La viste hoy, ¿no?

—La veo siempre... está... siempre con mucho trabajo. Creo que está... está bien— contestó tratando de aparentar indiferencia—. Tienes su teléfono ¿no? ¿Por qué no la llamas?

— Conversamos de vez en cuando.

Esa información no ayudó a mejorar el humor de Mingun.

—Respeto su espacio, como me sugeriste. Íbamos a salir, pero la foto del paparazzi la ha asustado.

— Sí... pude notarlo— murmuró Mingun.

— ¿...? ¿Cómo...?— se interesó Sooje.

— Nada.

—¿Estás molesto?

—No, sólo... — Mingun exhaló ruidosamente— .Estoy cansado...

— ¿Y les ha contado Ana cómo le fue en Eurwangni?— intervino Seoksun.

—¿Eurwangni? — preguntaron Mingun y Sooje al unísono.

¡Nuna, te amo!

PARTE TRECE

Desafío

Capítulo 73

Cómo enamorar a un coreano

fue así como se encontraron Mingun y Sooje junto a la piscina, meditando a las dos de la madrugada.

— ¿A qué crees que se refería Seoksuna?— preguntó Sooje.

—No tengo la menor idea— dijo—. *"Pero de una cosa sí estoy seguro, Ana no es la misma"*—pensó.

— ¿...? ¿Crees que Seoksuna… la haya visto con alguien?

—¿...?— Mingun le retuvo la mirada, incómodo.

— ¿Por qué sino tanto misterio? Tal vez a Ana le gusta alguien…

— ¿Y se lo contaría a Seoksun antes que a mí?

— Eso es lo que me parece extraño... Ustedes dos…son cada vez más cercanos, ¿no?

Mingun se levantó molesto. Pensar que Seoksun y

¡Nuna, te amo!

Ana compartían un secreto era algo increíblemente difícil de digerir. Pero las dudas y celos absurdos de Sooje eran aún peor.

— Quizás le gusta Seoksun.

Incapaz de soportar aquello por más tiempo, Mingun se dirigió hacia las escaleras.

— Vamos, Mingun— rezongó Sooje sentándose en el borde de la silla—. ¿Qué es lo que tanto te molesta?

Pero Mingun se alejaba.

—La única forma en la que Ana le confiaría sus gustos a Seoksun antes que a ti, sería si quien le gusta es él.

Mingun abandonó la piscina en silencio. Estaba muy cansado y era demasiado tarde para discutir.

Al quedar solo, Sooje seguía martirizándose. No debía cegarse. Otros hombres podían tratar de seducir a Ana. Quizás alguno de ellos ya le gustaba. Mientras que él… ¡Estaba perdiendo el tiempo!

Sus inseguridades y dudas lo estaban aletargando. Si iba a mover alguna ficha en este juego, debía hacerlo ahora o perdería sin remedio.

~¤~

Mientras las grabaciones seguían su curso, fueron transmitidos *trailers* y *teasers* del drama por televisión nacional y por las redes sociales.

De los F.zone el primero en ver el anuncio en televisión fue Seoksun. Veía un drama mientras cocinaba cuando Mingun, vestido de época, apareció en la pantalla junto a una bella chica.

Seoksun casi enloqueció de la emoción y corrió a grabarlo, gritando como desquiciado el nombre de Mingun.

Mingun lo vio en el set de grabación, junto a todo el equipo de producción.

Jinsook y su gente estuvieron muy a gusto con los resultados finales del video promocional.

La prensa también se hizo eco de la, ya popular, serie.

Incluso Ana, en una de sus carreras de la KSMB a la universidad se detuvo, pese a las prisas, en un stand de revistas para comprar la edición especial en la que figuraban fotos y entrevistas de las estrellas de "Segunda vida".

También se anunciaba en los periódicos la presentación especial de los F.zone mañana, en un popular programa local, en vivo.

Ana compró ambos, el periódico y la revista.

~¤~

Era sólo una presentación de rutina.

Los F.zone interpretarían 4 temas en vivo para los televidentes y el público apostado en el estudio.

Tras la primera intervención tocó cambio de vestuarios.

¡Nuna, te amo!

Los F.zone jadeantes y sudorosos corrieron hacia los camerinos.

—¿Narcisos?

Jungji se volvió sin mucho afán para ver a Seoksun agitando un lindo y pequeño ramo de flores.

— Son para Jungji— aclaró un miembro del staff.

Jungji continuó cambiándose sin prestarle atención.

— 5 minutos— gritó alguien desde el pasillo.

De pronto, un recuerdo atravesó la memoria del bailarín.

"Me costó mucho decidir
Al final, elegí narcisos"(7)

— ¿Quién lo ha traído?— quiso saber.

— Una chica, ¿quién más? — contestó Kwong.

— ¿Y la has dejado pasar? ¿La conoces?

— 3 minutos— volvieron a anunciar.

— Apresúrate Jungji— pidió Kwong.

— ¿Dónde está? ¿Sabes si se ha ido?— preguntaba y se vestía.

— Está esperando en la sala de espera. Vino con Kyo.

— 2 minutos— gritaron y los F.zone comenzaron a salir a toda prisa; pero al llegar al pasillo, Jungji cambió de rumbo hacia la sala de espera.

~ӿ~

Apenas asomar el rostro, Jungji vio en la sala a Kyoin y a Nori disfrutando del programa en un cómodo sillón.

Antes de que ellos notaran su presencia, Jungji

fue halado nuevamente hacia el pasillo por Kwong.

—¡¿Jungji, que rayos crees que haces?!

Jungji no contestó, corrió hacia el escenario donde sus compañeros ya lo esperaban.

~ɤ~

Ana buscaba una playlist de música para estudiar y concentrarse, pero para su sorpresa, la plataforma la bombardeaba con un montón de extrañas sugerencias.

¿Cómo es ser un extranjero en Corea?

¿Qué opinan los coreanos sobre los latinos?

¿Qué opinan los coreanos sobre las personas de raza negra?

¿Qué opinan los coreanos sobre América?

No te mudes a Corea por estar razones.

Los coreanos opinan sobre las latinas, ¿son lindas?

Este último, llamó su atención.

Hacer clic en este video, provocó otro montón de sugerencias de canales del tipo "Encuestas a coreanos":

¿Con cuál nacionalidad te gustaría salir en una cita?

¿Crees en el amor a primera vista?

¿Saldrías con una mujer de raza negra?

¿Cómo enamorar a un coreano?

Y sin darse cuenta, Ana se olvidó de estudiar.

¡Nuna, te amo!

Así la encontró Domi. Mirando videos sobre relaciones, rompimientos y romances entre coreanos y extranjeros.

— Creí que estarías viendo la transmisión en vivo de los F.zone.

Cuando notó a Domi tras ella, Ana cerró rápidamente todas las pestañas.

— Muy tarde, ya vi que estás tratando de conquistar a un coreano— le confirmó.

— ¡Ah! ¡No es cierto! Sólo sentí curiosidad...por saber... qué opinaban esas personas.

— Bueno, pero recuerda que si quieres ligar a un coreano, yo puedo darte algunos consejos.

— Sí, por supuesto. Lo que no entiendo es cómo sabiendo tanto de ligues, no logras atrapar a nadie— rio maliciosa..

—¡Ouch! ¡Eso dolió!

— Ok, ok.

— Sabes que tengo estándares muy altos en cuanto a hombres y por eso... bueno, ¡por eso!

— Sí, sí... como digas.

—¿ Tienes planes?

— Tenía pero estoy muy cansada y distraída.

—¿ Entonces? ¿Noche de doramas?

~ଃ~

Al final de la presentación, Kyoin llevó a Nori al camerino.

— ¡¿Recibiste mis flores?!—preguntó ella en cuanto tuvo la oportunidad, pero se topó con un ajado y cansado Jungji.

— S–sí... — buscaba Jungji el ramo con la mirada. No lo encontró—. Las recibí durante el show. Gracias.

— Espero no incomodarte con mi presencia.

— Pero ¿qué dices? Siempre es grato verte sonreír Nori. Lo digo en serio.

Una nube de murmullos sarcásticos se levantó de entre los presentes.

— ¿No nos vas a presentar, Jiná?— dijo Seoksun.

— Sí, claro. Conozcan a Park Nori, mi tutora de inglés.

Una ola de expresiones sorpresivas se expandió, acompañado de saludos y expresiones de cortesía.

Nori saludó a todos emocionada y feliz.

— ¿Nori? ¿Qué significa? — preguntó Mingun.

— El nombre me lo dio mi madre. El término original es Noris.[8] Pero a mi padre no le gustó el sonido.

— La madre de Noris es Australiana.

Todos reaccionaron asombrados.

— Incluso en Australia, Nori es un nombre raro— sonrió ella amigable—. Cuando me enteré del show en vivo quise pasar a saludarte— se volvió hacia Jungji.

— No sabía que tú y Kyoin se conocían.

—¡Oh, no habría logrado llegar aquí sin él! Tuve que atravesar una avalancha de Sunnys afuera para poder llegar a la recepción. Quería dejarte las flores y luego pasar al estudio a ver el espectáculo, pero uno de tus managers me detuvo. Trató de hacerme salir y no me aceptó las flores. Le dije que era tu tutora y eso... entonces, Kyoin se acercó.

¡Nuna, te amo!

— La escuché hablar con Je— intervino Kyoin—.
Cuando dijo que era tu tutora imaginé de inmediato
que se trataba de Nori.
— Vaya. ¡Toda una aventura! — expresó Jungji
desanimado.
— Yo igual venía a buscarte— confesó Kyoin—.
Unos amigos me invitaron al boliche esta noche. ¿Te
apuntas?
— Bueno, estoy bastante cansado y...
— Síii— gritaron los demás miembros de la banda.
— Ya los escuchaste. La respuesta es sí— Jungji
sonrió resignado.
— ¿Qué dices Nori? ¿Vienes con nosotros? — invitó
Kyoin.

Para este evento, los F.zone se habían tintado el
pelo de negro, su color natural. Sus fans lo adoraban
y ellos, podían pasar más desapercibidos ante las
miradas. Pues sin maquillaje, tintes extravagantes, ni
lentes de colores. Un idol pasaba a convertirse en un
asiático de lo más normal.

Así que salir en grupo aquel día, resultó ser una
buena idea.

Finalmente, el auto de la compañía abandonó
el canal. Y tras el auto, corrieron las Sunnys
pensando que sus artistas se alejaban en él.

Los F.zone llegaron todos al boliche en una
miniván que les prestó la televisora.

En el camino, Mingun escribió a Munsang.

Estaré en el boliche en una hora

Si tienes tiempo, ven a verme.

También Nori invitó a su compañera Hyohee y su novio Jije. A fin de cuentas, gracias a ellos conoció a alguien tan especial como Jungji.

Y ocurrió que estando todos en el boliche, llegaron también los miembros de Fever.
— Vaya, vaya...— se acercó Minhyung hacia ellos con marcada malicia.

¡Nuna, te amo!

68

Capítulo 74

Kpop Crisis

Al ver a Minhyung dirigirse hacia el lugar donde se encontraban reunidos los F.zone, todos sus compañeros Fevers fueron tras él.

Los F.zone y sus amigos estaban sentados a la mesa en el área de cafetería. Los primeros en notar la presencia de Minhyung fueron Jungji y Mingun e instintivamente, ambos se pusieron de pie para recibir al recién llegado en franca actitud defensiva.

— Vaya, vaya... ¿acaso es esto una gran coincidencia? — reía con malicia el Fever líder.

Todos en la mesa guardaron silencio. Ningún F.zone disimuló su desagrado al ver al molesto líder. Hyohwa, en cambio, lucía un tanto preocupado.

— ¿Y ustedes dos qué? — se dirigió Minhyung a Mingun y Jungji—. ¿Son los guardaespaldas del grupo?.

¡Nuna, te amo!

Entonces Sooje y Kyoin se colocaron tras Jungji y Mingun, y con ellos, todos los amigos de la banda.

— ¿Están protegiendo a alguien en la mesa?— preguntó sarcástico Minhyung.

— Chicos, por favor, siéntense— pidió Seoksun.

Todos obedecieron al líder.

— Vaya, señor Ki Seoksun. Se ve que los tienes bien entrenados— dijo Minhyung burlón.

Jungji se levantó decidido a entrarle a puñetazos, pero Hyohwa se colocó en medio.

— Minhyung, hermano. ¿Llegas a la mesa y así es cómo me saludas?

Al ver a su viejo compañero, la angustia y la ira se disiparon en el alma del Fever.

— ¡Hyohwa, hermano!— conmovido estrechó al amigo—. ¡Qué gusto verte, hermano! Ven con nosotros— le suplicó—, siempre habrá un lugar para ti en nuestra mesa.

— Lástima, no podemos decir lo mismo— expresó Mingun con franqueza.

Jungji se volvió a Mingun y chocaron los puños celebrando así el insulto.

—Muy maduros, ¿no? — sonrió Minhyung con desprecio—. Piénsalo, Hyohwa. Ven con nosotros cuando quieras compartir con los mejores.

Minhyung dio media vuelta y se alejaba, cuando Seoksun golpeó la mesa con fuerza.

Aquella acción del líder sorprendió a todos, amigos y rivales, quienes se volvieron expectantes a observarlo.

Pese a la violencia del gesto, Seoksun se

mostraba sonriente y relajado.

— Nadie irá a ninguna parte— sentenció.

Los Fevers volvieron a acercarse. Seoksun se puso de pie encarando a Minhyung.

— Ya está bueno de palabrerías, Minhyung. Si dices que son mejores, ¿qué mejor lugar para demostrarlo que este?

Minhyung dio dos pasos al frente y todos los F.zone se levantaron y colocaron tras Seoksun de la misma manera en que estaban los miembros de Fever tras Minhyung.

— ¿Nos estás retando, señor Ki?

— Como lo escuchaste.

Minhyung sonrió.

—¿Si ganamos dejarás de tutearme, me saludarás con una gran reverencia siempre y confesarás en televisión nacional que obtuviste tu posición en el grupo gracias a las influencias de tu papi?

— Minhyung, eres un miserable— le escupió Mingun.

Seoksun calló a Mingun con un gesto de la mano.

—Primero tienen que ganar. ¿No, Minhyung?

Minhyung guardó silencio. Se limitó a mirar al F.zone líder con un aire arrogante y confiado.

— Quiero lo mismo si ganamos— continuó Seoksun con las negociaciones—, y serás tú quien admita en televisión nacional, que mueres de envidia por nuestro éxito y que te arrepientes de haber abandonado F.zone, a quienes consideras el mejor grupo de todos los tiempos.

— ¡Pero, qué!— reaccionó indignado Hongjik.

¡Nuna, te amo!

—Tranquilo—lo detuvo Minhyung.
— Si, por favor, Hongjik, hazte a un lado. No te vayas a desmayar(9)— se burló Sooje está vez.
— ¡Oh, pero vaya!— reaccionó Hongjik en igual tono—. ¡Mírenlo! El feo acaba de hablar.

Y fue todo. Los F.zone se lanzaron contra los Fevers forzando a los amigos y a las chicas a interferir.

—¡Ya basta!— gritó Nori en medio del caos obligando a todos a callar—. ¿No vinimos a jugar? Pues dejen de hablar ¡y vayan al área de juego a demostrar su valía!

Todos gritaron motivados y eufóricos, se lanzaron al ruedo dispuestos a competir.

~¤~

Así fue como cambiaron los equipos para el combate de boliche.

El juego pasó de ser:

Amigos de F.zone vs F.zone

A

F.zone vs Fever

Los amigos se convirtieron en público y más tarde se les unieron todos los allí presentes, cuando se dieron cuenta de quienes jugaban.

Incluso hasta los empleados y administrativos

observaban y grababan el encuentro "amistoso" de los miembros de las dos populares bandas.

Abrieron el partido los líderes

Ki Seoksun contra Do Minhyung
Tomaron las bolas, dieron 4 pasos reglamentarios y lanzaron. ¡Chuza(10) para ambos!
Los líderes, demostrando su habilidad y valía.

La siguiente ronda tocó el turno a los jugadores:

Nam Hongjik contra Kang Jungji

— Ahora veremos si eres tan bueno en el juego como grande es tu boca— fue el saludó de buena suerte que le envió Jungji al joven idol.

Jungji tomó la bola, se preparó con maestría, avanzó y lanzó haciendo gala de equilibrio y resistencia. ¡Chuza para Jungji!

Los compañeros de Jungji empezaron a victorearlo. Los compañeros de Hongjik comenzaron a animarlo. Sin embargo, al tomar la bola, Hongjik sufrió un ataque de pánico. Trató de acomodar la pelota en la palma de su mano, y era evidente que temblaba. Finalmente, lanzó a dos manos. ¡*Spare*(11) para Hongjik!
Quedaron en pie los pinos 7, 5 y 10. Para

¡Nuna, te amo!

Hongjik fue imposible derribarlos todos, incluso en la segunda oportunidad.

Turno para:

An Hyohwa contra el mestizo Won Michael. ¡Chuza para ambos! Sin más contratiempos.

Turno para:

Yoo Sooje y Gong Sukji.

Después del lacerante comentario de Hongjik, Sooje se había tornado introvertido e inseguro, como hacía usualmente. Que además le tocara jugar con el makné de Fever, era un poco humillante.

Por eso, cuando anotó chuza por encima del semipleno del joven, no sintió gran orgullo. Sus compañeros, sin embargo, celebraron por todo lo alto.

F.zone iba ganando.

Los videos del improvisado encuentro, ya se filtraban en la web.

Llegó la hora de que el Fever actor, Jung Yooki, midiera sus fuerzas contra el extrovertido Bae Mingun.

— Espero que seas mejor aquí que en el set de grabación, colega— le sonrió con ironía Yooki antes de lanzar.

Pero la sencillez de Mingun no le permitió

sentirse intimidado. Si gana ganó, si pierde perdió, era su filosofía y, con esta postura, ambos hicieron chuza.

Los Fevers dieron la batalla pero finalmente, F.zone ganó el combate.

Los ganadores y los presentes gritaban enardecidos, mientras Minhyung, herido y humillado se preparaba para retirarse.

— ¡Minhyung!

Lo detuvo la voz de Seoksun.

— ¿Listo para dar tu declaración en los medios?— le recordó.

Minhyung sentía que la sangre le hervía, sin embargo, continuó avanzando sin volverse a ver a Seok.

— ¡Hermano, espera!— lo detuvo Hongjik, celular en mano.

— ¿Ahora qué?

¡Nuna, te amo!

Capítulo 75

Noche de doramas

S e enamoró tan fácil...— criticó Domi a la protagonista.

—El chico está muy guapo— balbuceó Ana sin pestañar.

—Y semi desnudo.

La protagonista, invita al galán a su pieza.

— Uf, que rápida...— censuró Domi.

— ¿Tú no lo harías?— señaló Ana

— Si además fuera sexy...— contestó Domi sin descuidar la pantalla— pero no es sexy— añadió segundos después.

— Ya perdónala, Domi. ¿Quieres? La chica está sola, ebria... ¡y tiene hambre!

— ¿Qué dices? — pausó el video—. ¿Lo lleva a su pieza porque tiene hambre(12)? ¡Ni que se lo fuera a comer!

— Pues está buenísimo— aclaró Ana.

— Tal vez, pero no es comida.

¡Nuna, te amo!

— Pues no sé— Ana se volvió a la pantalla—. En mi tierra les llamamos "pollo".

Al escuchar esto, Domi casi se atraganta con las botanas.

— ¿Pollo?

— Pollo. Comparamos con un pollo aquellos chicos de cuerpo torneado, bronceados y apetitosos— describía Ana así a un "pollo" latino.

Domi se volvió hacia la pantalla, pero por más intento que hizo por evitarlo, no dejaba de ver al actor desnudo y rostizado como todo un pollo horneado y se horrorizó.

— Acabas de marchitar mi inocencia— acusó a la extranjera.

~¤~

Sooje cometió falta.

No había ninguna duda, el video lo mostraba.

Y estaban todos tan consternados y conmocionados... y los Fevers tan eufórico que, los administradores, optaron por transmitir el video en todas las pantallas del local a fin de que todos tuviesen acceso a la evidencia.

Efectivamente, durante la segunda ronda Sooje había anotado chuza contra el makné Sukji, pero había pisado descuidadamente la línea de falta con la punta del zapato. En ese momento, había tanta algarabía y tensión en el lugar, que el hecho, había pasado desapercibido para los ojos, pero no para las cámaras. Y varios de los videos colgados en la red lo revelaban con total claridad.

Este error, automáticamente, convertía a Fever en los campeones indiscutibles de la saga.
— ¿Listos para pagar?
Era Minhyung ahora quien les recordaba.

~ʘ~

El episodio terminó. Ana se levantó y se encaminó hacia el cuarto de baño.
— ¿Algún día me contarás qué pasó en Eurwangni?— preguntó Domi acabando las fritangas que quedaban en el tazón.
— Era Jungji— dijo Ana sin emoción desde el baño.
Domi escupió las batatas fritas en su boca y corrió al baño incapaz de creer lo que escuchaba.
— ¡¿Kang Jungji?! ¿Te refieres a Kang Jungji?— dijo abriendo de golpe la puerta del baño.
— Cierra la puerta— pidió Ana sentada en el inodoro.
— ¡Oh, perdón...!— sonrió avergonzada la impulsiva coreana y retrocedió cerrando lentamente la puerta.
— Si, ese Junji— corroboró Ana asegurando la puerta.
La silueta de Domi retorciéndose de alegría se divisaba por el borde de la puerta.
— ¡Lo sabía! ¡Lo sabía!
— ¡Dijiste que no podía ser él!— le recriminó Ana.
— ¡Ah! ¡Espera!
Ignorando el reproche de su compañera, Domi

¡Nuna, te amo!

se alejó corriendo de la puerta para volver de inmediato con la manta y las cervezas. Se abrigó en el piso, el oído pegado a la puerta.

— Ahora sí, cuenta ¡cuenta!

Ana entornó los ojos. Así era Domi. No había nada que se pudiera hacer al respecto.

— Jungji me confesó que le gustaba y que todo lo que había hecho hasta ahora... era su forma de captar mi atención.

Domi calló derretida a los pies de la puerta.

— ¡Dios!— gimió— El hombre más sexy y bello de la tierra ha hecho de todo por captar tu atención... Oh... es el mejor drama ¡y en vivo....!— suspiraba Domi una y otra vez—. ¡Te lo dije tantas veces!

— Después de todo el estrés que me hizo vivir... decirme todo eso no lo hizo más fácil.

— ¡Ay, Ana! ¡Nada es fácil contigo! ¡Nada!

— Bueno, bueno...

— Y sabiendo eso, imagino que lo rechazaste... de nuevo.

— ¡Es que... independientemente de lo que tú o Jungji crean, en mi mundo nada es fácil! No es como si tuviese tiempo para romances— hablaba Ana más para sí misma que para Domi—. ¡No tengo tiempo para perderlo en tonterías! Estoy muy enfocada en mis metas. Haz visto todo lo que he trabajado. ¡Estoy trabajando! Y mi jefe… ¡Casi me vuelvo loca! Podría perder lo poco que he logrado en un abrir y cerrar de ojos!

Del otro lado, Domi entornaba los ojos hastiada de las excusas absurdas de su compañera.

— No estamos hablando de un chico cualquiera — seguía Ana divagando —, ¡es un hombre famoso! ¡Cualquier desliz y estaría siendo acosada por toda la prensa! ¡Santo Dios! ¡No entiendo porque debería siquiera pensar en esto! ¡Soy una estudiante becada, por Dios! No debe haber nada en mi cabeza más importante que eso. ¡No! ¡Por supuesto que no! No necesito eso en mi vida. Ya es suficiente con que los problemas me busquen y me encuentren pero tampoco es que voy a abrirles la puerta e invitarlos a cenar.

La puerta se abrió de pronto y frente a Ana, estaba Domi tendiéndole el celular.

— Coge el teléfono y llama — ordenó con voz firme.

Ana notó la llave dejada por Domi en el picaporte.

— ¿Llamar...? ¿ A quién...?

— Al pollo.

~ㅂ~

Fue Hyohwa quien propuso a los muchachos, quitarse el sabor amargo del boliche con un buen trago, e invitó la primera ronda.

Eligieron una disco *underground*(18). Sooje no hacía más que disculparse y lamentarse durante todo el trayecto. Después de todo, su torpeza los llevó al fracaso.

Quizás por eso, inmediatamente llegar a la disco, todos se lanzaron a la pista a saltar y bailar al ritmo del estruendoso *beat* de un techno. Sooje intentó resistirse, pero Seoksun lo arrastró hasta la

¡Nuna, te amo!

pista y entre todos, lo obligaron a danzar y a tomar.

Nadie le prestó mucha atención al hecho, pero, el único que no salió nunca a la pista, fue precisamente, el alma de la fiesta, Kang Jungji. Se sentó a tomar bebidas, disfrutar de la música y de las bromas, pero nunca salió a bailar.

Kyoin lo notó. Todo, su nuevo porte, su extraña actitud… desde el comienzo. Esperó ver mejoría en el estado de ánimos del amigo pero no había progresos. Ver a Nori en la recepción fue como una luz salvadora, una oportunidad caída del cielo. Por eso la ayudó y por eso la invitó aquella noche. Esperaba que ella devolviera a Jungji aquello, que al parecer, había perdido.

Y no estaba del todo equivocado. Cuando el Dj colocó un ritmo sensual y pegajoso, Nori se acercó al bailarín.

Estaban solos en la mesa. Jungji había tomado bastante, igual notó la forma en la que lo miró la chica. Lo había mirado así toda la noche, ansiosa, expectante. Pero Jungji continuó ignorándola. No tenía nada para ella. No esa noche.

Quienes bailaron cada tema fueron Munsang y Mingun. Sólo se detenían para tomar cocteles en la barra. Pese a la insistencia de la chica, Mingun se rehusaba a tomar alcohol.

— Uno de nosotros debe mantenerse sobrio— decía.

— Sí, pero ¿por qué tienes que ser tú?

Mingun dejó escapar una carcajada, la voz de

Munsang comenzaba a sonar estropajosa.

— No lo sé— contestó— ... ¿Por elección?

— Claro, claro...

Munsang tristemente comprobaba que Mingun era un buen chico y aunque esa actitud le hacía más arduo el camino hacia su corazón, debía admitir que era este aire bonachón e ingenuo lo que todas amaban en él.

— Aun no me cuentas tus planes para Chuseok— le recordó.

— No he tenido tiempo para planear nada— dijo Mingun—. Es "ir a casa de mis padres" o "quedarme encerrado en casa".

—O puedes venir conmigo a casa— propuso Munsang mientras acariciaba el borde del vaso sensualmente con sus labios.

Sus hormonas se alertaron y Mingun no supo que contestar. Hubiese cambiado el tema pero Munsang insistió.

— Si vienes conmigo te llevaré a pasear. ¿Recuerdas? Hicimos planes cuando venías de Japón.

— Sí, recuerdo.

— Pues ahora podemos hacerlo realidad— cerró la oración con un guiño de ojo.

Hyohwa, por su parte, había tomado demasiado. Deambulaba por el club, sentándose allí donde encontrara un asiento disponible, lanzándose a bailar sólo a la pista y mezclando tragos sin parar.

Noche desenfrenada para Hyohwa. Solitario desenfreno...

¡Nuna, te amo!

tropezó con aquella mujer. La vio entre las luces, guapa y más radiante que nunca. La acompañaban un grupo de amigos.
— ¿Y-Yangmi...?

Capítulo 76

Volverte a ver

Yangmi no lo reconoció a la primera, de hecho lo insultó por empujarla borracho.

—¿Y-Yangmi?

Entonces descubrió horrorizada que se trataba de Hyohwa.

— ¡H-Hyoni!— exclamó.

— ¡Yangmi!

Sin dar tiempo a nada, la ex maquillista de los F.zone huyó del lugar.

— ¡Yangmi! ¡Espera!

Hyohwa trató de correr tras ella, pero estaba muy aturdido. Tropezaba y caía, una y otra vez con cada persona que se interponía en su camino. Así cayó en los brazos de Seoksun.

— S–Seoksuna...— balbuceó.

— Creo que llegó la hora de irnos a casa, hermano.

~¤~

¡Nuna, te amo!

— Eres una frustración para las fans— expresaba Domi decepcionada.

— No soy fan— intentaba Ana dormir.

— Pero tienes total acceso a ellos.

— Soy productora.

— Sigue siendo injusto. Ni siquiera los sigues, no sabes nada sobre sus vidas. No tienes derecho.

— Me gustan sus temas, los escucho en la radio.

— Quizás, pero no tanto como para buscar sus MV. ¡Ni siquiera tienes un tema de ellos incluido en tu *playlist*.

—Sí, tengo.

— ¿Qué tienes? ¡No mientas!

— ¡Tengo! ¡Tengo! Tengo dos— aseguró Ana buscando en su celular.

— ¡No, espera!— le arrebató Domi el teléfono.— Dime el título de los dos temas que tienes aquí sin mirarlos.

Ana quedó pensativa. En verdad, no sabía el nombre de ninguna de las canciones coreanas que tenía en su móvil, era una lista de canciones autogenerada por el sistema. La nuna era incapaz de distinguir entre un grupo de K-pop y otro, solo daba *likes* a las canciones que le gustaban sin fijarse en el título o quien las cantaba y el sistema generaba entonces una selección basada en sus preferencias.

— ¡Está bien, Domi! Tú ganas. ¡No sé nada sobre el mundo musical de los F.zone! ¡No tengo idea sobre sus chismes, sus éxitos o sus problemas! ¿Bien?

— Y aun así el destino te ha cruzado en sus caminos. Llámalo. Date la oportunidad de conocerlo.

—¡Ah, Domi, por favor, ya basta! ¡Son las dos de la mañana!— gimoteó Ana.

— Mañana es feriado.

— ¡No para mí! ¿Lo olvidas? Soy la esclava de mi jefe. ¡Eso, eso es lo que debería darte lástima! ¡Te preocupas más por Jungji que por mí!

Esta observación enmudeció a la romántica coreana... por un rato.

— Tomas vinos con Sooje, cenas con Mingun, Jungji es tu admirador...

— Domi...— entornó Ana los ojos.

— No, no, no... sólo me pregunto... ¿saben ellos... ? ¿entre ellos...?— y quedó en silencio, pensativa, ni idea de cómo ordenar lo que pensaba.

Ana suspiró.

— ¿Pero qué importancia tiene? Paseé por la playa con Seoksun y recibo trozos de canciones inéditas de Hyohwa...

— ¡¿Que tú que?!

—¿Qué importancia tiene? Son chicos amables ¡siendo amables!

Domi la miró fijamente, el rostro desdibujado por una horrenda mueca de infinito desprecio.

— Estúpida presumida…—masculló.

~¤~

Jungji observaba a las dos amigas cuchichear; por sus intercambios de miradas, era evidente que hablaban de él. No le importó.

Kyoin veía todo, y una vez convencido de que la apatía de su amigo no aminoraría, decidió

¡Nuna, te amo!

intervenir.

— ¿Planes para Chuseok?— insertó el tema.

— ¡Iremos a Andong! — respondió emocionada Hyohee.

— ¿A visitar la aldea?

— ¿Has ido?— sintió curiosidad Nori.

— No. Hemos visitado Yangdong

— Pues intenta convencer a Hyohee— sugirió Nori—. Insiste en visitar Hahoe cuando Yangdong está más cerca de casa.

— ¿De casa? — se interesó de repente Jungji—. ¿Eres de Gyeongsang?

— Mis abuelos, son de Daegu.

Y continuaron conversando. Los padres de Nori, Kyoin y Jungji resultaron ser de la misma región.

Así que finalmente, Kyoin, Jungji, Nori y sus amigos, hicieron planes juntos para salir de la ciudad en Chuseok.

~ㅂ~

— ¡No todas tenemos la suerte que nos detenga en la calle el hombre más guapo de la tierra y nos diga que ha estado esperando por nosotros todo este tiempo!— le recriminaba Domi.

Ana intentaba ignorarla. Era evidente que su compañera había ingerido demasiada cerveza.

— ¡Te odio!— concluyó Domi frustrada.

Ana se quedó contemplándola en silencio sin hacer ningún movimiento.

Domi notó el celular tirado sobre las sabanas y

estiró el brazo para tomarlo pero Ana fue más rápida.

— Dame su teléfono, ¡dámelo!— intentaba arrancarle el celular de las manos.

— ¡Domi, basta! — se alzó finalmente Ana, tajante—. ¡No seas tan inmadura! ¡Respeta mis decisiones!

— Vamos a irnos mañana durante tres días, Ana. ¿Piensas marcharte sin llamarlo? Yo en su lugar podría entender tu silencio estos días, estás muy ocupada con las grabaciones y las clases, pero... si te tomas tres y no sacas ni uno de esos días para llamarlo… ¡será un claro y rotundo rechazo!

— ¿Ves? ¡No me estás escuchando! ¡Ya nos rechazamos! ¡Hace mucho! ¡¡En verano!!

Domi respondió intentando nuevamente robarle el celular.

— ¿Quieres meterme en más problemas?— expresó suplicante Ana.

— Pues te diré qué, sea con Jungji o no, me gustaría que tengas algo de diversión antes de marcharte— volvía a su litera resignada—. Ni siquiera has visitado uno de nuestros clubs en estos años. No te ofendas pero... tu vida social aquí apesta. Espero que no seas igual en tu país. Y pensar que creí alucinante compartir habitación con una alegre, divertida y fiestera latina— admitió Domi con aires de decepción.

— ¡Ya cállate!— vengativa, Ana lanzó un cojín contra su amiga.

~¤~

¡Nuna, te amo!

Un tema suave empezó a sonar, todos volvieron a sentarse, incluso Mingun llevó a Munsang de vuelta a la mesa. No estaba listo para bailar este tipo de ritmo con ella. Pero Jije y Hyohee sí. Los dos novios se quedaron en medio de la pista bailando abrazados sosteniéndose la mirada, poco a poco se les fueron uniendo otras parejas y Nori se cansó de esperar.

— ¿Bailamos?— preguntó a Jungji.

Jungji miró a todos lados, esperando que algún caballero de la mesa tomara el control y lo librara, pero no sucedió.

— Claro— aceptó poniéndose en pie.
Hacerle un desplante a una chica no estaba en su biblia y mucho menos a ella.

Nori era mucho más pequeña que Jungji. Incluso con sus tacones altos no sobrepasaba el torso del hombre.

Jungji la atrajo hacia él sujetando su cintura con delicadeza. La joven mujer colocó ambas manos sobre el definido tórax y lo miró a los ojos. Jungji le sostuvo la mirada mientras ambos se movían al compás de las suaves notas.

— Quiero que sepas que entiendo tu vida y entiendo tu agenda. Y que aun así, no me importaría estar para ti si decides llamar algún día cuando dispongas de algunas horas, ya sea por que necesitas ayuda con tus estudios o simplemente... porque te sientes solo y necesitas compañía.

El idol acarició su pelo y depositó un tierno beso en su frente. Nori, complacida, recostó su cabeza contra el pecho de la estrella y se dejó llevar por la música.

~¤~

Jungji estaba listo para irse a la cama. En aquel momento notó que Mingun ya estaba acurrucado en la suya.

— ¿Mingun? Creí que tú y Munsang...

— No quiero hablar sobre eso.

— ...

— ¿Qué hay de Nori?

— Iremos mañana a Hahoe— dijo metiéndose en la cama.

—¿Tú? ¿Y abandonar los clubes y las fiestas?

— Es lo que Nori quiere.

— Es una buena chica.

— Sí... lo es. ... ¿tú y Munsang...?

— Descansa, Jungji.

— También es una buena chica. Lo sabes.

Y quedaron acostados, absortos en sus propios pensamientos.

Pronto los venció el tremendo cansancio.

Mingun se durmió pensando en el misterio oculto tras lo que les contó Seoksun sobre Ana en Eurwangni..

Jungji quedó dormido sin notarlo.

Su celular iluminó la habitación oscura. Su servicio de mensajería anunciaba: *Nuevo mensaje de Ana.*

¡Nuna, te amo!

PARTE CATORCE

Chuseok

Capítulo 77

Lo que haremos

 eberíamos marcharnos ahora si es que viajaremos mañana temprano.

Había sugerido Mingun esa noche en la disco.

Munsang lo miró sorprendida.

— ¿Estás? ¿Estás aceptando pasar Chuseok conmigo? — quería confirmar si el alcohol no le había atrofiado el oído.

— Si continúas tomando te levantarás tarde y no podremos evadir el embotellamiento — calculó Mingun.

Munsang, ebria y feliz, se abalanzó sobre Mingun y lo envolvió entre sus brazos.

La primera reacción del hombre fue mirar a todos lados mientras se libraba del abrazo.

— ¿Quieres que vaya a tu cuarto y te ayude con el "equipaje"? — le susurró Munsang.

Mingun le retuvo la mirada, toda la noche estuvo esquivando las insinuaciones de la mujer, pero todo hombre tiene sus límites.

— Bien. Vamos.

¡Nuna, te amo!

Tomó su mano y salió de la discoteca tirando suavemente de ella.

Munsang lo fue acorralando lentamente dentro del auto, él intentó retroceder... pero no encontró espacio. Ella se inclinó para besarlo y él cerró los ojos lentamente, sin más remedio. Deseaba dejarse llevar, aceptar sus provocaciones, probar sus labios, en cambio, encontró la fuerza para separarla de su cuerpo.
— Munsang, por favor, comportarte— le suplicó, apenado con el taxista.

Sin embargo, fue Mingun quien, apenas entraron al apartamento, la tomó en sus brazos y se aferró a sus labios con la furia de un tifón.

Sabía que estaban solos, sus hermanos continuaban en la disco. Así que a tomó entre sus brazos y la llevó entre besos hasta su habitación.

Abrió la puerta sin soltarla y una vez dentro, la dejó caer sobre su cama.

Sin preámbulos ni rodeos, él mismo abrió cada botón de su camisa, dispuesto a hacerle el amor en aquel preciso momento.

Munsang retrocedió hasta el fondo de la cama, y se recostó del espaldar esperando por él, excitada. Ver el pecho desnudo de aquel hombre que tanto deseaba la hizo agonizar de deseo. Apretó con ansias uno de los cojines que adornaban el lecho.
— ¡Mingun! — exclamó tomando entre sus manos el almohadón emocionada—. Esto… ¡Fui yo! ¡Yo te lo

regalé!

Todo el calor abandonó de golpe el cuerpo del artista. Era un cojín enorme con forma de corazón, suave y mullido, de color blanco, su color favorito, regalo de una fan.

~ ¤ ~

Después que Domi finalmente se durmió, era Ana quien no podía conciliar el sueño.

Mirando el techo, repasaba en su memoria las últimas palabras de Jungji y los momentos que los llevaron a alejarse para siempre aquella noche en Eurwangni.

"¿Debería hacerlo? ¿Cometer esta locura? ¿Adentrarme en esta aventura?" — no paraba de cuestionarse.

Recordó también los comentarios sobre Jungji que durante la cena hicieron sus compañeros(13).

"…El rey de las citas, así lo llamaron"— suspiró desalentada, para luego decirse insegura—.*"Pero qué más da? Después de todo, ni él ni yo deseamos algo serio…"*

Y volvió a verlo danzar provocativo en sus videos, y volvió a verlo por primera vez en el campus receloso y confundido, tendiéndole una flor bajo el veraniego sol, acosándola sensualmente en el balcón de su apartamento, arrebatándole sus carpetas tarde en la noche en el campus, diciéndole que se alejaba de ella… para siempre, aquella última noche…en la playa.

"Arrgghhh"— apretó el rostro contra la almohada— *"Debería dormir, es tarde ya para actuar como adolescente."*

¡Nuna, te amo!

Pero no se durmió. Le escribió.

Y quedó a oscuras, abrazada a su peluche, celular en mano, esperando respuesta.

~¤~

Llegó la mañana del primer día de Chuseok.

Apenas despertar, Ana corrió a su celular.

El mensaje estaba marcado como recibido, pero él no lo había leído.

"Merezco que me ignore..."— reconoció un tanto decepcionada—. *"Tal vez sea mejor así"*

Y se dispuso a hacer sus maletas junto a Domi.

— Procura salir temprano. En cuanto te libres de tu jefe, te vas corriendo a la estación. No querrás verte en medio del embotellamiento, ¿o sí?

"Me estoy volviendo loca. Escribirle fue un arranque de locura. Prometo tomar el día para recuperar la cordura y enfocarme en mi trabajo." — se convenció antes de salir rumbo al trabajo.

Llegó con su equipaje a la oficina, para encontrar todo el departamento desierto. Sólo Jinsook la observaba de pie en el pasillo, las mangas del suéter recogidas, papeles en mano. Evidentemente llevaba horas trabajando.

—¿Vas de viaje?

— Sólo usted no tiene planes en esta vida— dijo Ana entre dientes, resentida.

— ¿Perdón?

— D–digo que... hice planes para cuando terminemos aquí... por supuesto.

— No debiste hacerlos.

— ¿...?

— Deja eso por ahí y ven conmigo a la sala de reuniones— sugirió mientras se alejaba—. Tenemos trabajo para todo el día.

"¡¿Qué?!"

~¤~

Sooje trabajaba en el estudio con los productores musicales en la mezcla de algunos de los nuevos temas.

Las voces en el pasillo llamaron la atención de todos.

Afuera Hyohwa le recriminaba a Kwong.

— ... ¿Estás seguro? — lo cuestionaba el mánager—. Escuché que tomaste tanto que alucinabas.

— No. No eran alucinaciones. Sé que era Yangmi.

— ¿Viste a Yangmi? ¿En el club?— intervino Sooje sorprendido.

— Así es.

— No es posible— aseguró Kwong.

—¿ Por qué no? ¿Eh? — se irritaba aún más el músico.

— No me lo creo. Pero ¿ella se acercó y te habló?

Hyohwa negó.

— Huyó.

—Entiendo— dijo Kwong sacando su teléfono celular.

— Kwong, dime la verdad. Necesito saber la verdad. ¿Qué le dijeron? ¿Qué le hicieron para que huya así de mí? ¿Por qué no quiere ni verme? ¿No era

¡Nuna, te amo!

suficiente con separarnos?

Kwong dejó de textear en el móvil para contestar a Hyohwa.

— ¿De qué estás hablando? ¿Qué podríamos hacerle?

—No me mientas Kwong, no me creas idiota. Evidentemente la intimidaron de algún modo, si no por qué otra razón huiría así de mí?

— ¿Intimidarla? Mucho cuidado con lo que dices. Acaso somos una especie de mafia para ti, ¿ah? Todo lo que hace el señor Ki es cuidar sus imágenes. No actúes como si no fuera importante. El pueblo los ama y si se portan bien, siempre será así. Pero ya saben cómo es esto. Si los decepcionan... jamás los perdonarán, aun cuando esto termine, ellos jamás olvidarán —Kwong hace una pausa para leer el mensaje de texto entrante.— Pero con Yangmi... simplemente hicimos un trato. Y los tratos deben respetarse.

— ¿Trato? ¿Qué clase de trato?

— Ve y pregúntale tú mismo si quieres— contestó Kwong mostrándole el mensaje entrante:

Yangmi
Me hospedé unos días en Myeongdong.
Estoy empacando
Vuelvo a mi pueblo.

Hyohwa salió a toda prisa.

— ¡Pero no ahora, estúpido!— gritó Kwong en vano—. ¡Ay! ¿Qué no ve que estamos en medio del trabajo?

~¤~

Hyohwa no tenía auto, así que optó por tomar el metro.

Pese a su gorra, vestimenta corriente y su cubreboca, unas adolescentes comenzaron a observarlo y a especular entre ellas sobre la semejanza del extraño con la de un idol. Hyohwa bajó del vagón antes de que su identidad quedara expuesta.

En su habitación Yangmi empacaba sus cosas. Tal como le dijo a Kwong, había venido a Seúl un par de días, todo lo que llevaba consigo cabía en una maleta de cabina.

Al llegar a la última estación, Hyohwa corrió unos 100 metros para detenerse finalmente frente al hostal. Y encontró que Yangmi ya no estaba registrada en aquel lugar. Se había marchado hacía menos de una hora.

Cansado y abatido, Hyohwa abandonó el lugar, pero al cruzar la puerta, Yangmi lo esperaba, del otro lado de la calle, sentada en un banquillo junto a su maleta.

~¤~

Hyohwa acompañó a Yangmi hasta el metro y la vio partir.

No tomó su línea de regreso al estudio, decidió

caminar un rato antes de volver.

Salió de la estación y tomó la acera. Era el mejor momento para fumar. Sacó un cigarrillo y lo encendió.

Fumaba y avanzaba pensativo. El humo golpeaba su rostro tras cada bocanada.

Pensaba en la primera vez que vio a Yangmi, 18 meses atrás. Era la más joven de las estilistas de la empresa, recién salida de la academia de belleza, sin mucha experiencia, pero con innegable talento.

Yangmi ni siquiera era la más hermosa de las chicas con las que solía trabajar, pero sí era la más joven y además, era soltera.

Viviendo como vivían los F.zone, en absoluto confinamiento, apartados del sexo opuesto por el bien del grupo. La relación con sus compañeras de trabajo era estrecha y cálida. Compartir con ellas era como compartir en familia, pero Hyohwa supo desde el primer momento, que lo último que deseaba de Yangmi, era su amistad.

Sin embargo, no fue sino durante esta última gira, cuando tras uno de sus conciertos, durante una habitual noche de copas previo a abandonar un país o ciudad, Hyohwa acompañó a Yangmi hasta su cuarto y amanecieron juntos.

Para ella nada de esto fue planeado ni planificado, estaban solos, lejos y ebrios. Simplemente ocurrió. Pero para Hyohwa, fue un momento muy esperado. Nada deseó más que estar con Yangmi, desde el día en que la conoció.

Y lo que pareció desahogo de una noche, no

desapareció, en cambio, se intensificó durante los próximos tres meses siguientes.

Era una relación agradable para ambos, sin presiones, sin condiciones. Estaban casi todo el tiempo juntos y los demás sabían sobre su romance, a nadie parecía importarle, ni siquiera a los periodistas extranjeros quienes los veían como simples compañeros de trabajo con una bonita relación, como a todos los demás.

No era necesario fingir frente al otro ni pretender. Ella al igual que todo el staff conocía sus facetas, dentro y fuera del escenario. Así la relación avanzaba y se mantenía, hasta que volvieron a Corea.

"Todo fue lindo mientras duró, pero ahora, debemos dejarlo ir y continuar con nuestras vidas" — había dicho ella hoy, en la despedida.

Hyohwa lanzó la colilla al suelo.

KM Entertainment había ofrecido pagarle un curso de maquillaje y estilismo en Francia, a cambio de abandonar la compañía. Debía volver a trabajar para KM una vez recibiera el diploma, en dos años. Yangmi sabía que la finalidad de aquel trato era apartarla de Hyohwa, aun así, había aceptado.

Yangmi había podido marcharse de nuevo, pero decidió no hacerlo sin antes aclarar las cosas. Él lo agradeció y pudieron despedirse como amigos y sin rencor.

"Me hubiese gustado... disfrutar un poco más de su compañía..."—pensó él mientras caminaba—*"Imagino que compañía era lo que realmente necesitaba."*

¡Nuna, te amo!

"Sea como sea, tenerla hizo menos pesado el camino."
"¡Dios!"

Se detuvo apretando los ojos. No estaba listo para perderla... No quería llorar.

"¡Solo… Estoy solo…nuevamente…!"

Las lágrimas brotaron de sus párpados cerrados.

Limpió su rostro con la manga de su suéter retomando el camino.

Sin razón aparente, Hyohwa se detuvo.

— ¿Cuánto tiempo llevas allí?— preguntó .

— Creo que... desde siempre— contestó Sooje.

Hyohwa se giró, notó que se había detenido frente a un *coffee shop*(14).

— Tomemos un café— dijo entrando al local.

— E–es que... — Sooje intentó argumentar. Miró la pantalla de su celular: 16 llamadas perdidas y una llamada entrante, todas de Kwong.

— Claro— rechazó la llamada y entró tras Hyohwa.

~ᵡ~

- ¡Dios, mío!- Mingun se mordía los labios mientras conducía.

Había pasado la noche más frustrante de su vida.

- ¡Rayos!- maldecía-.*Casi le hago el amor…*

Mingun no quería aprovecharse del amor incondicional que le profesaba una admiradora…, y eso era Munsang.

Con cada gesto, con cada encuentro, había llegado a apreciarla más... pero, anoche, no pudo

104

luchar contra la ardiente mujer que también era ella.

Tras el incómodo momento, Mingun se disculpó con la confundida mujer y le rogó irse a dormir a un hotel.

Él mismo la llevó al mejor hotel más cercano, pagó la habitación y se despidió profundamente apenado de la decepcionada joven.

— Vendré por ti mañana temprano— prometió.

Así que hacia allá iba, en el auto de Seoksun, dispuesto a cumplir con su promesa y pasar el largo feriado con ella.

— Puedo hacerlo. Anoche estaba ebria pero hoy… puedo aclarar las cosas con ella.

No pudo.

Al llegar al hotel, Munsang ya se había marchado dejando en recepción un mensaje para el idol.

Considera nuestro viaje cancelado.
Pasaré Chuseok en casa de mis padres.

Munsang

La había lastimado y al hacerlo, también se había herido él.

~¤~

Domi
Es mediodía
espero que hayas salido.

Leyó Ana el mensaje mientras avanzaba por el

¡Nuna, te amo!

solitario pasillo rumbo a su cubículo carpetas en mano.

—Domi..., cuanto lo siento— se lamentó—.

Ana
¡Apenas salgo de la sala de reunión!
Por favor, asumamos que soy su esclava
y hagámoslo más fácil.

Se disponía a enviar el mensaje cuando escuchó ruidos..

— ¿...?

Había dejado a Jinsook en la sala, de modo que suponía que estaba allí sola. Se acercó sigilosamente hacia el lugar del sonido. Se asomó para descubrir a la PD Choi trabajando sola.

—¡...!

Ana se alejó rápidamente y con igual sigilo para evitar ser descubierta.

"Pero... ¿qué hace aquí? ¿Acaso lo sabe el jefe...?" — se preguntaba mientras se alejaba.

La PD y Jinsook eran tan parecidos, tan apasionados con sus labores, tan centrados. ¿Era posible que tampoco la señorita Minso haya hecho planes un día como hoy, sólo para quedarse ayudando a Jinsook?

Casi tropieza con él.

— ¡Oh..., PD Kim!

— Deja esas carpetas y sígueme— ordenó.

— ¿Seguirlo...? ¿A.. dónde?

— Por el momento a almorzar. ¿Tienes hambre?

~ㅂ~

Almorzaron en silencio, pero tan pronto terminaron, Jinsook retomó el tema del trabajo.

— Aprovecharemos que las calles están solitarias a estas horas para evaluar unas tomas adicionales de las cuales me ha hablado el director.

—¿...? Y... ¿quiere que yo vaya... con... usted?

— ¿Con quién más lo haría? Eres mi asistente.

—¿Señor Kim, en verdad piensa hacerme trabajar hoy todo el día?

— ¿Acaso no es el mejor día? No tienes clases— le recordó el jefe con naturalidad.

—Igual me ha tenido trabajando todo el día, todos los días incluso en días de clases.

— Entonces ¿por qué te quejas hoy?

— ¡Porque no puedo más con la presión de trabajo y los horarios de clases! ¡No puedo lidiar con la universidad, la tesis y con usted!

Jinsook la miró con tal frialdad, que Ana pudo sentir cómo se le helaba la sangre.

— L–lo lamento... si me excedí...— bajó la mirada, sumisa—. ¡Por favor, PD Kim, se lo ruego! Reasígneme mis labores y horarios de pasante hasta terminar la universidad como habíamos acordado.

— Te dije que no quería quejas, si tan difícil te resulta este trabajo entonces...

— ¡No voy a renunciar!— lo interrumpió decidida—. ¡Basta, ya!

Jinsook la miró inquisidor pero esta vez no logró intimidarla.

¡Nuna, te amo!

—No resisto más, esto tiene que terminar— aseguró ella—. Así que le diré lo que va a pasar. Me voy a parar de esta mesa, buscaré mis maletas y continuaré con mis planes.

— Si haces eso te aseguro que para el martes, habrán terminado tus planes y también, tu contrato de trabajo.

— No lo creo.

— ¿Perdón?— respondió ofendido.

— Firmé un acuerdo con esta empresa que usted deliberadamente está rompiendo. Ha pasado mediodía, por ley debería estar celebrando, como todos, el feriado de Chuseok.

— ¡PD Rivas!

— Lo siento, señor Jinsook. Debo ir por mis maletas o perderé el tren. Cuando vuelva, volveré a trabajar medio tiempo para la señorita Choi ¡y ustedes dos habrán arreglado sus diferencias!

—¡...!

Y se hizo de nuevo... aquel incómodo silencio.

— Escuchaste todo ¿verdad?— preguntó con su habitual y fría serenidad.

Ana desvió la mirada apenada.

— Hay fricción incluso entre los dedos de las manos. ¿Por qué no habría entre dos colegas que se aprecian? Lo que veo mal, es que mezclen sus asuntos con el trabajo. Y lo peor, es que usted me arrastre al centro de todo y me use como su escudo para herirla.

Jinsook le lanzó una mirada despectiva a la pasante. ¿Pero quién se creía ella...?

— Siempre supe que eras una atrevida.

Ana se puso de pie.

— Lo siento— se despidió con una reverencia.

— Pero estás muy equivocada…

Ana esperó que terminará la frase. Su intención no era empeorar las cosas con un gesto descortés. Pero el PD Kim parecía no encontrar las palabras. Se había quedado espontáneamente, en silencio y meditativo. Ana volvió a su asiento.

—Te equivocas si crees que quiero herirla— dijo suavemente el PD.

Y de nuevo el silencio…

— Debería decírselo. Ella está en su oficina ahora.

Jinsook no pudo disimular su sorpresa. Ana confirmó que ignoraba por completo la presencia de Minso en los cubículos.

El hombre se puso de pie.

— Puedes irte si quieres, pero te advierto, no lograrás salir de la ciudad antes del anochecer— dijo.

Salió sin despedirse, dejando a Ana sentada en la mesa.

¡Nuna, te amo!

¡Nuna, te amo!

Capítulo 78

Ven conmigo

insook observaba a Minso oculto tras una cornisa.

No le había pedido venir, y sin embargo allí estaba. Haciendo a un lado sus diferencias, sacrificando sus horas de descanso por el bien de un proyecto.

"Nunca se queja."— pensó recordando los reproches de Ana.

No obstante, eran las quejas de Ana las que le permitían ahora notar el esfuerzo de tantos años de su colega.

— Minso...— suspiró conmovido.

Se marchó justo antes de que ella notara su presencia.

~¤~

Ana había ido por su equipaje y esperaba el autobús en la parada más cercana.

Los autobuses pasaban tan llenos que ni se

¡Nuna, te amo!

molestaban en detenerse.

Tras perder tres autobuses, Ana entendió las advertencias de Domi y la última blasfemia de Jinsook.

Y como si llamara al demonio, justo en ese momento, Jinsook detuvo su auto frente a ella.

— Te dije que no te sería fácil viajar un día como hoy.

Ana lo fulminó con la mirada, para luego frustrada y al borde del llanto, bajar la vista al piso.

Jinsook salió del auto y se acercó a ella.

— ¿Por dónde saldrás de Seúl?

— Tengo los boletos del tren... solo debo llegar a tiempo a la estación— sollozó Ana.

—Sube— ordenó Jinsook tomando su maleta—. Te llevaré— aclaró al ver el rostro contrariado de la mujer.

Ana recobró la alegría. Llena de esperanzas, se puso en pie. Entonces, un auto desconocido se detuvo en la acera.

Jungji bajó del carro y caminó hacia ella.

— ¿Querías verme? Pues aquí estoy.

Durante unos segundos, el silencio invadió el espacio entre los tres.

Jungji reconoció en Jinsook al padre de Jini-shí gracias a las imágenes que Kwong le mostrara tiempo atrás. Lo había visto tomar el equipaje de Ana justo antes de frenar el carro. La cuestión ahora era, ¿hacia dónde iban?

Al ver a Jungji, Jinsook rememoró todas las humillaciones por la que lo había hecho pasar Hyonra. Incluyendo la escena viral del aeropuerto, la manera en la que su hija suspiraba al verlo en la pantalla gigante del fanmeeting, y el día en que se atrevió a confesarle que ella lo amaba. La pregunta ahora era ¿qué relación tenía el idol con Ana?

Los dos hombres se encontraron de pronto sosteniéndose la mirada.

Ana interpretó como extraña la reacción de ambos, hasta que recordó las declaraciones del MC Chanjin.

"La hija del PD… ¡es la acosadora de Jungji!" — pensó. Todo cobraba sentido ahora.

Jungji fue el primero en romper aquel pesado silencio.

— Usted es el productor del drama en el que trabaja Mingun... ¿cierto? por lo tanto, es el jefe de Ana.

— Soy el jefe de Ana. ¿Y tú?

Jungji se disponía a contestarle, Ana creyó que era momento de intervenir.

—¡Kang Jungji!— exclamó sin tener claro qué iba a decir.

Ambos hombres se volvieron a mirarla.

— Y-yo... el señor Kim Jinsook me llevará a la terminal. Saldré de viaje...— se dirigía intranquila hacia el auto del jefe—, hablaremos luego...

— Sube al auto—dispuso Jungji abriendo la puerta de su coche.

Ana se detuvo en seco. Tanto ella como su jefe lo observaron interrogantes.

— Yo te llevo— puntualizó el idol.

Ana no pudo moverse. Estaba petrificada, de pie, junto a su jefe. observando a un decidido Jungji,

¡Nuna, te amo!

sostener la puerta para ella. Desvió la vista hacia Jinsook, y así permaneció unos instantes, como si esperara su permiso.

—¿Vienes?— apremió Jungji.

— Jungji... — musitó Ana.

Él sonrió cautivador mientras se echaba el pelo hacia atrás seductor.

— ¿Es tan difícil decidir?— inquirió pícaro.

Ana lo observó deslumbrada y le devolvió la sonrisa.

—¡Sube entonces! Hay un lugar que quiero mostrarte.

Ana tomó el equipaje de las manos de su jefe y se encaminó hacia el auto donde la esperaba la vida.

Jungji salió a su encuentro.

— ¿Necesitas ayuda?— dijo y cargó el equipaje por ella.

— Acomódate, este será un viaje largo— advirtió poniendo el auto en marcha.

~¤~

Días antes, Luna detuvo a Minso cuando ésta abandonaba el edificio. Con indirectas, la recepcionista tocó el tema sobre los cambios de cargos en el departamento de la PD.

— No es un... "cambio de cargos" propiamente, ¿sabe?. Es algo... temporal.

—Espero que esté segura, señorita Choi. Yo también pensé que no era nada serio cuando vi a la señorita Rivas con el CP Jo.

— ¿...?

—¿No lo sabía? De algún modo ella logró

convencerlo para que la ayudara a entrar a la empresa. No quiero imaginar cual estrategia usó, ya que el CP Jo andaba como loco moviendo documentos y hablando con las personas tratando de abrirle una oportunidad a la fuerza.

Minso trató de disimular lo mal que le sentaban los comentarios de la recepcionista.

— Créame, Luna. Es temporal.

Y se iba, pero la voz de Luna la detuvo.

— Puede que así lo crea usted, e incluso el PD Kim, pero ella...

Minso se propuso no hacer caso a las opiniones mal intencionadas de la recepcionista pero, al enterarse que Ana y Jinsook estarían solos en el departamento, los celos la invadieron y acabó sentada en su cubículo.

Al ver a Ana salir maleta en manos, y a Jinsook salir tras ella minutos más tarde... Las palabras de la recepcionista retumbaron en su cabeza y comenzó a dudar. Quizás aquella reunión era un montaje para ocultar que ambos pasarían juntos Chuseok. Si eso era cierto, ya no hacía falta permanecer más tiempo allí.

Se retiraba cuando recibió llamada de Jinsook.

— ¿Sí?

—¿Sigues en la oficina?

— ¡...! — supo que Jinsook la había estado observando—. S–sí...

— ¿Estás muy ocupada?

— N–no... estaba por irme a casa.

¡Nuna, te amo!

— Acompáñame a cuadrar unas tomas. ¿Quieres?
La pregunta conmovió a Minso. Así que no estaba
con Ana… ¿Había mal interpretado todo? ¿Esta
invitación significaba que la estaba perdonando?
— S–sí. Por supuesto— aceptó.

Jinsook aún estaba en la parada del autobús.
— Estoy cerca del edificio— subió al auto—, te veo
en la puerta principal en 3 minutos. Colgó.

~¤~

Y mientras todos buscaban abandonar la
ciudad aquel día, Sooje acudía a su cita en la clínica
de estética.

Había elegido el asueto de Chuseok. Todos
abandonarían el apartamento, no habría preguntas.
Nadie intentaría detenerlo.

El doctor ya lo esperaba, dejó al compositor en
manos de las enfermeras.

— ¿Nadie lo acompaña?— fue la única duda que
atacó al experimentado cirujano.

— N-no.

El doctor lo observó dubitativo.

— Está bien, doctor. Es mejor así— lo tranquilizó
Sooje.

Capítulo 79

Hacia el sur

ungji condujo el auto en silencio.

Ana lo observaba, lucía tan serio, tan concentrado en la autopista...

Dominaba el volante con una mano y utilizaba la otra para apoyar su cabeza, el codo recostado sobre el borde de la ventanilla. Sus facciones finas y al mismo tiempo tan masculinas, eran delimitadas por los rayos del sol que iban y venían creando sombras multitonos sobre el hombre.

Mechones de pelo bailaban suavemente sobre su frente pero Jungji no apartaba la mirada del camino.

El teléfono sonó despertando a Ana de aquel hermoso trance.

La imagen de Domi apareció en la pantalla.

Durante unos instantes, Ana permaneció indecisa, no sabía si contestar o no.

— Es tu amiga— le recordó Jungji al notar su

¡Nuna, te amo!

indecisión.

Ana asintió y aceptó la llamada.

—*Ya estoy aquí, ¿tú dónde estás?*— preguntó Domi.

— Yo... es que...

— *¿Aun no tomas el tren?*

— N-no pero… me dirijo a la terminal.

— *...¿Estás tartamudeando?*

— Déjame hablar con ella— pidió Jungji.

— *¿...? ¿Es un hombre? ¡...! ¿No me digas que…! ¡¿Es Kang Jungji?! ¡¿Es él?!*— enloqueció Domi—. *¡Dile que sí! Dile que sí!*

Apenada, Ana tendió el teléfono al idol.

— Hola —saludó cordial

Al escucharlo, Domi prorrumpió en gritos.

Jungji le devolvió el móvil a Ana, quien no podía contener la risa.

— ¿Puedes ponerlo en altavoz, por favor? — pidió Jungji sonriendo a su vez—. Escucha, Ana me dijo que tenían planes pero... temo que me he robado a tu amiga.

Los gritos de Domi aumentaron tanto que ella misma tuvo que sofocar su emoción, tapando su boca con sus propias manos.

La madre de Domi, preocupada, entró a la habitación.

— ¿Todo está bien, Domi?

— Síiiiii. Demasiado bien— contestó emocionada, al borde del llanto.

— ¿Me la prestas un poco? Prometo devolvértela

sana y salva— pidió Jungji con humildad.

—*¡¡Sí!! ¡¡Sí!! Me agrada saber que están bien.*

Jungji sonrió con el rostro bañado de ternura.

— Gracias.

Y Ana colgó.

— Yo... lo siento— se disculpó Ana por la amiga—. Domi es una gran fan de ustedes...

— Creo que tu amiga es muy linda.

Ana sonrió agradecida.

—Tú también te ves muy linda cuando estás así, sumisa.

Y Ana se ruborizó.

— ¿Sumisa?

— Siempre luces tan firme…, cortante, a la defensiva. Pero hoy... te siento más tranquila, serena…, indecisa. Es nuevo. Me gusta.

Ana le sostuvo la mirada.

—Tú también te ves muy guapo… cuando eres delicado.

Jungji volvió la vista hacia el camino, melancólico. Recordó cada desplante, discusión y arrogancia ocurridas entre ambos.

— Empezamos con mal pie, ¿no es cierto?— admitió.

Ana asintió.

— No siempre soy cortante— confesó ella.

— Y yo… no soy bueno con las disculpas.

— ¿Quieres… empezar de nuevo?

Jungji no disimuló su turbación. La nuna le estaba pidiendo empezar…

— Llamaste y he venido— musitó—. Para mí, es el mejor comienzo.

¡Nuna, te amo!

Ana suspiró y se dejó caer sobre el asiento.

Jungji encendió la radio, una suave melodía invadió el diminuto espacio.

— Descansa — sugirió Jungji—. Tengo el permiso de tu amiga, así que hoy, eres oficialmente mía.

Ella lo asumió como cierto. Se echó hacia atrás observando el paisaje desfilar por la ventana, a la velocidad del coche.

Capítulo 80

A orillas del lago Ajun

No supo cuando se quedó dormida.

Al despertar, estaba recostada sobre el hombro de Jungji. Él también dormía reclinado en el asiento del conductor. Ana se separó de él con cuidado. No quería despertarlo.

El celular de Jungji reproducía una suave y pacífica melodía instrumental, guitarra y piano mezclado con sonidos de la naturaleza, el rumor del agua del rio…el canto de pájaros. El carro estaba detenido junto a un lago, en lo que parecía ser un paraje solitario.

— Lo llaman el lago Ajun. Una de nuestras reservas.

Ana se volvió, Jungji la observaba de brazos cruzados con una extraña sonrisa en los labios.

— ¿Has visitado alguna antes?

Ana negó.

¡Nuna, te amo!

Jungji detuvo la música.
— Salgamos— sugirió.

— ¿Dónde estamos?
Observaban el lago recostados del capó del vehículo.
— Llegamos a Jeonju hace alrededor de...— miraba
el reloj en su muñeca— una hora.
— Y no me despertaste...— le reprochó ella.
— Te ves hermosa dormida.— justificó él con una
sonrisa—. En lugar de ello, preferí recostarme un
rato yo también.
— Te ves cansado.
— ...Hace varios días que no duermo bien.
— Venir tan lejos...—desaprobó Ana.
— ¿Conocías Jeonju?
— N-no...
— Eso pensé —hizo una larga pausa para añadir
después—. Más lejos, menos curiosos, más
privacidad.
Ana recapacitó. Por un momento había
olvidado que estaba sentada junto a uno de los
hombres más populares de Corea y el mundo.
— Al despertar… esa música... era hermosa.
— Sí. Suelo colocar este tipo de temas cuando no
puedo dormir. Me ayudan a conciliar el sueño.
— ¡Por lo visto a mí también!— sonrió Ana.—
Vuelve a dormir si quieres, yo "velaré tu sueño".—
hizo un gesto divertido.
— ¿En serio? ¿Me cuidarás como un hada?
— Como un ángel.
— ¿Estás segura? ¿No escaparás en cuanto cierre los

ojos?— dijo Jungji sarcástico.
— No. Prometo nunca huir de ti… de nuevo.
— Uhmm— Jungji adoptó un tono más serio—. ¿Qué ha cambiado?

Ana exhaló un profundo suspiro y se perdió observando el horizonte.
Jungji decidió no presionarla.
— Vamos, hay un lugar al que quiero visitar antes de que oscurezca— dijo.
Subieron al carro.
— ¿Es… tu auto?— preguntó ella.
— No. Sólo Seoksun tiene auto.

Ana asintió.
— Entiendo.
— Y nos gusta conducir ¿sabes? Imagino que simplemente, nos hemos acostumbrado a ser llevados a todos lados— enderezó el asiento y tomó el volante—. Tampoco Seoksun lo ha comprado. Ese coche fue el regalo de graduación de su padre.
— Eso explica muchas cosas— sonrió Ana.
— No te burles. Tiene buen gusto el hombre, ¿no?
— Uhmm, ya veo. La música... el coche... Tienes un gusto particular por lo clásico. Eso explica por qué te gusta una mujer mucho mayor que tú.
— Te refieres a ti misma como si fueses una anciana— le sostuvo la mirada—. Eres muy atractiva, Ana. Un hombre cuerdo haría lo que fuera por estar a tu lado.

Ana sonrió halagada.
— Hablo en serio. Yo por ti fui capaz de convertirme en un ser anónimo.

¡Nuna, te amo!

— Eso fue...bastante loco... ¿sabes?

— Hice todo lo que pude para acercarme— extendió su mano hacia ella y acarició su mejilla con los nudillos—. Conduciría sin descanso hacia un lugar desconocido tan sólo para poder estar un momento a solas contigo.

— Eres bueno con las palabras.

— Solo espero que no uses la edad como pretexto para fingir que no te gusto.

Jungji retiró la mano de su rostro y puso el auto en marcha.

~¤~

Encontraron una tienda de conveniencias en el camino. Jungji optó por camuflarse antes de entrar. Viajaban a plena luz del día, aun no llegaban a su destino y, por primera vez en mucho tiempo, Jungji no quería correr riesgos.

Entraron juntos a la tienda, compraron bebidas y snacks. Ana insistió en pagar, pero él no lo permitió.

Retomaron carretera y Jungji volvió a centrarse en el camino.

Ana colocó música y abrió una bolsa de frituras. El la miró desesperado, con ojitos suplicantes. Estaba hambriento, sediento. Ana no lo resistió y puso comida en su boca.

Así avanzaron, Jungji conducía y Ana lo alimentaba para que no descuidara el guía.

Comían y bebían mientras escuchaban música y cantaban temas muy conocidos en coreano e inglés a todo pulmón.

~ʊ~

Esa mañana, Jungji despertó pasadas las 10.

La idea era alquilar un coche y pasar por Nori a su apartamento. Así lo acordaron a través de mensajes, cuando Jungji salió al estacionamiento y descubrió que Mingun, se había llevado el auto.

Tras enviar el último mensaje a Nori, Jungji descubrió la nota de Ana.

Ana
Quiero verte

El mensaje nubló sus sentidos. Suspiró hastiado.

— Pero ¿qué le pasa a esta mujer…?

Ayer, estaría dando saltos de alegría, pero hoy…, él y la nuna se habían lastimado tanto, sin siquiera intentarlo.

"Es una locura" — se dijo haciendo el teléfono a un lado.

De acuerdo con el plan, Jungji fue a la agencia, estuvo probando y mirando autos. Se sentó en un lugar agradable a desayunar con el agente. No dejaba de escuchar la voz de Ana diciéndole que quería verle.

~ʊ~

Dado que Jungji vendría por ella, los amigos de Nori se habían marchado antes utilizando su coche.

¡Nuna, te amo!

Les prestó el auto con gusto. Nada deseaba más que viajar nuevamente hacia las afueras, a plena luz del día, al lado de aquel hombre. Hizo las maletas cargada de ilusión.

~ଷ~

Jungji recibió el auto, y se dirigió a casa de Nori. Jamás pensó desviarse del camino, sin embargo, el diablillo en su hombro lo convenció de escuchar lo que Ana tenía que decir, antes de abandonar la ciudad.

La KSMB estaba desierta, le informó seguridad al llegar al edificio. Sólo unos cuantos empleados se encontraban dentro.

"Una señal del destino" — se convenció Jungji.

Había satisfecho su curiosidad, ahora podía marcharse sin remordimientos. También podía ir a buscarla al dormitorio universitario, pero esta acción lo desviaría considerablemente de su destino y por supuesto, ni siquiera podía pensar en la idea de llamarla o devolverle el mensaje.

"¿En qué estaba pensando...?" — ponía el auto en marcha, culpándose por haber sucumbido otra vez.

Se alejaba del edificio por la avenida principal, cuando la encontró. Ana hablaba con aquel tipo en la parada del autobús.

Jungji estacionó el auto y se dispuso a observarlos.

Vio al hombre tomar sus maletas y claramente invitarla a subir al auto. Cuando percibió que Ana obedecía, sintió el repentino impulso de evitarlo.

126

Nori le escribió, pero estaba muy ocupado robándole la chica a Jinsook.

En realidad, no creyó posible lograrlo, puesto que la nuna no había hecho otra cosa más que rechazarlo. Pero inesperadamente, ella dejó a aquel hombre y aceptó irse con él.

"Ana..."

La actitud de la mujer conmovió su corazón.

La vio subir a su auto deteniendo el tiempo en cada paso. Y olvidó por completo a Nori.

~¤~

— ¿Por qué no pones algo en español? Es tu idioma, ¿no?

— Entonces no podrás cantarlo— reía Ana.

— ¡Vamos!— insistió él—. Será refrescante escuchar algo diferente.

— Uhmm, a ver... ¿Qué podrá ser?— dijo Ana mientras buscaba en la playlist de su celular. Encontró lo que buscaba y presionó *"play"*.

La dulce melodía de un solo de guitarra se reprodujo a todo volumen en los altavoces, proseguido por violines y la arrullante voz del vocalista de "Son Familia" rompió el dramático suspenso en el que se había sumergido Jungji.

Los tambores repicaron y lo que empezó como una balada se tornó de repente en un ritmo rápido, contagioso, armónico y desenfrenado. Algo nuevo para Jungji.

Ana cantaba a viva voz las letras de la canción y Jungji la acompañaba danzando como podía, con

¡Nuna, te amo!

su cuerpo y su sonrisa, animándola a ser feliz.

— ¡Oh! ¡Sí que me ha sorprendido!- expresó Jungji emocionado al finalizar el cadencioso tema.

— Sabía que te gustaría. Es un clásico— acompañó la frase con un guiño—. Se llama "Amor narcótico".(15)

De pronto, una *intro* instrumental de violines se alzó majestuosa.

— ¡Oh!— Jungji sintió que se erizaba todo su cuerpo.

La voz del cantautor se escuchó, interpretaba los exquisitos versos del tema "Cuando te beso"(16). Ambos guardaron silencio, saboreando toda la ternura que emanaba cada estrofa.

— Hermoso— expresó Jungji conmovido al final—. No lo cantaste— notó.

— No— negó Ana melancólica—. Prefiero disfrutarlo en silencio.

— Pero... ¿sabes la letra?

Ana asintió y traduciendo a Jungji el tema, llegaron 45 min. después a Namwon, justo antes de la puesta del sol.

Capítulo 81

Los Jardines de Gwanghallu

esde la cama, Nori observaba las maletas colocadas junto a la puerta.

Había estado allí tirada, abrazada a un cojín desde la última llamada que le hizo a Jungji.

Él había ignorado el timbre del teléfono, pues hablaba con Domi en el móvil de Ana.

No quería que la tristeza la embargara. No podía hacer más que esperar.

El reloj marcó las 4 y Nori supo que Jungji no llegaría.

~¤~

Kyoin recibió la llamada en su casa en Pyogang. Había tomado carretera antes del

¡Nuna, te amo!

mediodía.

— ¿Cómo? ¿Nunca llegó? ¿Lo llamaste a su celular?

Kyoin podía sentir la tristeza de Nori incluso a través del aparato.

— No. Vine solo, creí que ustedes... Lo ubico y te llamo. ¿Sí?

Tampoco Kyoin pudo comunicarse con él, pues Jungji había quitado el sonido a las llamadas y dormía en el auto junto a Ana.

Era tarde. Jungji era un hombre de palabra. Dejar plantada a una chica no era propio del idol. Así que Kyoin llamó a su apartamento.

Nadie contestó. Todos los F.zone habían hecho planes.

Kyoin marcó a los Kang, quizás había ocurrido una emergencia en casa de sus padres... Preguntó a la madre por su hijo, tratando de sonar jovial y tranquilo. Jungji no estaba.

Pese a la cuidadosa actitud de Kyoin, la señora Kang quedó algo intranquila, pero él, supo cómo evadir a la acaparadora mujer sin dar detalles de los hechos.

Kyoin comenzaba a preocuparse. Salieron juntos de la disco, estaba muy consciente de que el bailarín, había regresado solo a casa.

Como último recurso, marcó el número de Kwong.

~ห~

Jungji detuvo el auto.

— Jeolla del Norte, la tierra de los jardines— exhaló Jungji.

Había dejado el móvil sobre el tablero; buscaba su gorra y mascarilla en la guantera cuando vio entrar la llamada de Kwong.

Ver el nombre del mánager en la pantalla, lo trajo a la realidad.

"¡Nori...!" —recordó súbitamente.

Ana no pudo ignorar el cambio repentino en su rostro.

— ¿Pasa algo?— preguntó.

Jungji rechazó la llamada.

— Es mi mánager... olvidé una reunión… muy importante— explicó mientras texteaba.

Si no es una emergencia
Te llamaré más tarde

También vio los mensajes y llamadas perdidas de Nori y Kyoin. Se mordió los labios.

"*Nori…*"— lamentó el olvido.

Mantuvo la calma. No quería inquietar a Ana.

— ¿Deberíamos volver? - propuso ella intuitiva.

Él se giró hacia ella y acarició su mano tranquilizador.

— Si retrocedo ahora, el resultado sería el mismo.

Ya nada podía hacer.

Jungji cubrió su cabeza y rostro, bajó del auto, Ana lo imitó y se encontraron de pronto frente a un gran pabellón de madera.

¡Nuna, te amo!

— Bienvenida a Gwanghallu — dijo él ofreciéndole sonriente su mano—, el palacio de la luna.

Ana tomó la mano de Jungji sin dudarlo y se adentraron juntos en el místico lugar.

~ℵ~

Gwanghallu es un parque temático dividido en bloques. Cuenta con jardines, diminutas áreas boscosas y pabellones conectados por puentes y rodeados por agua. En el fondo el hermoso palacio se levanta.

— ¡Este lugar es hermoso!

— ¿Verdad que sí?

Paseaban.

— Es como un "Cristany" gigante.

— ¿Un... Cristany?

— Es un pequeño jardín cercano al dormitorio al que suelo visitar.

— ¿Y se llama Cristany?

— Ajá. Es el nombre que le he dado. ¿No te gusta?

— A ti te gusta, eso es lo que importa.

— Pero a ti, ¿te gusta?

— No. Definitivamente.

Reían, se sorprendían, exploraban y descubrían, se burlaban uno del otro... naturalmente, juntos.

Muy pronto, cayó la noche.

Ana y Jungji atravesaron casi a oscuras el bosque de bambú rumbo al monte *Samsin*. Como magia del destino, las luces del jardín se encendieron en el preciso instante en que atravesaban el puente hacia *bangjangjeong*(20) . El cielo nocturno tiñó las verdosas aguas del lago de un majestuoso azul intenso, la atmosfera se tornó romántica e ideal, en apenas un segundo.

— ¿Aún sigues creyendo que no debimos venir tan lejos?

— Jamás olvidaré este lugar— aseguró Ana conmovida.

Jungji se detuvo a mitad del puente, retiró la mascarilla de su rostro y encaró a Ana.

— ¿Por qué todo ha sido tan complicado? ¿Por qué esperamos tanto para estar así?

— Porque no somos personas comunes y corrientes, Jungji. Tú eres muy popular y querido, y yo soy una extranjera amparada por tu gente. Ambos le debemos mucho a este pueblo y no queremos decepcionar a nadie.

Jungji continuó observándola en silencio. Tenían mucho sentido sus palabras.

Ana dio un paso al frente y colocó su mano sobre el masculino pecho.

— Me gustas, Kang Jungji— confesó mirándolo a los ojos—. Pero temo que… si me dejo llevar por el deseo, arderé en el infierno.

Jungji envolvió su cintura con ambas manos, atrayéndola más hacia él.

— ¿Tan malo sería?— susurró.

Ana se sintió desvalida.

— Vivamos el presente— sugirió Jungji—, sigamos el curso de la vida.

— Jungji...— suspiró Ana. y guardó silencio, cavilaba

¡Nuna, te amo!

en las roncas palabras que salieron de aquel pecho que comenzaba a agitarse.

Jungji sujetó su rostro obligándola a sostenerle la mirada, la atrajo hacia su boca y depositó en sus labios un beso húmedo y profundo que la hizo estremecer.

Ana respondió con pasión, acariciando con su lengua la comisura de sus labios y explorando luego todo su interior.

Jungji la atrajo más aún, ciñéndola contra su cuerpo.

Ana se aferró a su cuello y disfrutaron las caricias durante un largo rato, sin prisas, saboreando cada segundo.

Sólo la falta de aliento, logró frenar las ganas.
— Anhelé un beso tuyo desde el primer momento en que te vi— admitió ella .
—¿En el Kodae?

Ana negó.
— ¿El camerino?
—Bailando sexy en el video oficial de *Breakdown*(2)

Y Jungji no pudo evitar reír con ganas mientras abrazaba su cintura.
—Eres terrible, Ana. Y me hiciste esperar cuatro semanas...¡Todo un mes para admitir que te gusto! ¿Sabes lo mal que la he pasado durante este tiempo?— le reprochó Jungji mientras la apretaba contra su excitado cuerpo—. Debería castigarte por esto— musitó amenazante.
— Deberías— dijo ella incitante.

Jungji la observó unos instantes con malicia y

se aferró nuevamente a su boca.

— No olvidarás *Jeonllabuk*(<u>17</u>) — rozó con sus labios los de ella—. Te lo prometo.

Y así fue como Ana recibió por primera vez un beso asiático, en víspera de Chuseok, en los Jardines de Gwanghallu, frente al Palacio de la luna, una noche de otoño en Corea del sur.

~¤~

— "Si no es una emergencia..." — refunfuñaba Kwong leyendo el mensaje—. ¿Cómo puedes saber si es una emergencia si no contestas la llamada, Jiná tonto?

Entonces texteó a Kyoin.

~¤~

Kwong
Olvida a Jiná
Acaba de escribirme
Está bien

Kyoin respiró aliviado.
—¿Pero en dónde estará? – se preguntó lleno de curiosidad— Jiná desconsiderado. Al menos podrías devolver mis llamadas— reprendía al amigo mientras escribía a Nori.

Jungji está bien.
Te llamará en cuanto pueda

Nori
¿Sabes qué le pasó?

¡Nuna, te amo!

Kyoin sintió pena por la linda muchacha. Evidentemente, Jungji había encontrado algo más importante que hacer hoy.

Tenía parte de culpa en este desastre. La tutora y el idol estaban ya lo bastante separados, había sido él quien forzó aquel reencuentro.

~¤~

Kyoin
Lo siento
Lo siento mucho en verdad.

Nori entendió. Kyoin no tenía una explicación. Sus ojos se humedecieron pero se rehusó a llorar.

Nori
También yo lo siento

Próximamente

*Querido lector, si te gustan mis libros, por favor,
considera votar, comentar y seguirme.*

¡Nuna, te amo!

Acerca del autor

Alexandra Carolina Fernández , maestra, guionista, escritora.

Soy Licenciada en Cinematografía y enseño audiovisuales a estudiantes de secundaria y adultos, pero mi pasión es y siempre ha sido, la escritura.

Escribo desde muy pequeña y , gracias a la tecnología y a las diversas plataformas de autopublicación, espero convertir en libro todas esas maravillosas historias que albergo en mi corazón y muero por compartir con ustedes.

Me encanta probar nuevos y variados géneros. Como proyecto tengo decenas de historias de amor por escribir, pero también encontrarás en mi haber historias de fantasía, suspenso y trozos de vida.

Búscame en:

Smashwords

Amazon

Booknet

Suscríbete o **Sígueme** en mis páginas de autor para recibir alerta la próxima vez que publique un volumen.

Mi blog (carnedebarrio.blogspot.com) -en

¡Nuna, te amo!

construcción- podrás leer mis locuras, comentarlas y contactarme.

Otros libros del autor

Serie romántica, contemporánea: **¡Nuna, te amo**!

Vol. 1: Cinco flores coreanas

Vol. 2: Canción de amor

Vol. 3: Peligrosa obsesión

Vol. 4: El admirador secreto

Vol. 6: El deseo en su mirada (en proceso, el título puede cambiar)

Mi hermano el presidente. Suspenso, novela corta. *Léela gratis en Booknet.-*

Demencia compartida. Relatos, trozos de vida.

Ediciones digitales e impresas disponibles en Amazon.com

Notas al final

—Clic en los números para volver al capítulo.—

1 ¡Nuna, te amo! Vol. 4 "El admirador secreto", Cap. 64 "Agridulce"

2 Universidad de Corea. Kodae es una especie de abreviación en coreano.

3 **Hi-touch:** Parte del evento en el que las fans pueden saludar a los idols con un apretón de manos.

4 ¡Nuna, te amo! Vol. 1 "Cinco flores coreanas", Cap. 1 "Caos"

5 **Capítulo piloto:** Primer episodio de una serie.

6 **Chuseok:** Festival de la cosecha coreano. Abarca tres días feriados.

7 ¡Nuna, te amo! Vol. 4 "El admirador secreto", Cap. 56 "Silencio"

8 **N. Del A:**. Noris en coreano "노리스" sonaría en español muy similar a "Norisu"

9 ¡Nuna, te amo! Vol. 4 "El admirador secreto", Cap. 57 "Japón"

10 **Chuza**: En américa latina, tumbar todos los pinos de un sólo lanzamiento. También se conoce como strike, pleno o moñoña.

11 **Spare**: No derribó todos los pinos.

12 Los personajes hacen alusión a la web serie " Eat, Therefore I Am" que se transmite por el canal de Asian Crush. Director: Lee Cheol-ha

13 ¡Nuna, te amo! Vol. 3 "Peligrosa obsesión", Cap. 42 "Descaro y osadía"

14 **Coffee shop**: Establecimiento que vende café y algunos alimentos.

15 Álbum "Pa' otro lao", Artista: Chichi Peralta y Son Familia. 1997

16 Álbum "Areito", Artista: Juan Luis Guerra 440. 1992

17 **Jeonllabuk**: Provincia Jeolla del Norte (en coreano 전라북도)

18 **Underground**: Clandestino.

19 Wolverine: Guepardo, Lobezno. Personaje de los "X men"©Marvel Entertainment

20 Gwanghalluwon Garden página oficial

21 ¡Nuna, te amo! Vol. 1 "Cinco flores coreanas", Cap. 2 "Viral"

www.ingramcontent.com/pod-product-compliance
Lightning Source LLC
Chambersburg PA
CBHW021003160726
47994CB00006B/2351